窓の向こうのガーシュウィン

宮下奈都

集英社文庫

窓の向こうのガーシュウィン

早産だった。
身体がじゅうぶんに大きくならないまま、その赤ん坊は生まれた。産声も上げなかった。呼吸はお線香から上る煙のように頼りなく、身体は白樺の小枝のように白くて細かった。美しかったわけではない。ところどころに節があって皮が剝けているのも、まるで白樺を思わせた。

　未熟児が入る保育器の青白い光の中に横たえられたちょうどそのとき、赤ん坊の両親は医師から説明を受けていた。

「お宅のお子さんは標準体重のほぼ三分の二しかありません。機能も未発達なままお生まれになりました」

　その言葉を聞いた途端、母親にはぴーんときたという。お生まれになりました。なんという尊い言葉だろう。二十年近く前、近所のお姉さんに連れられて一度だけ訪れたことのある教会で、信者の子供たちが聖劇の練習をしていたのを彼女は思い出す。降誕の夜、マリア役の女の子に抱かれたセルロイドの主人公は、「お生まれになりました」と聖歌で讃(たた)えられていた。

これまで思い出しもしなかったその神々しいシーンが、ふいにありありとよみがえった。お生まれになった。この子はお生まれになったのだ、とお産用の前開きの寝巻を着た母親は感じた。

星の輝く夜、貧しい夫婦のもとに、赤ん坊は完全な姿でお生まれになったのだ。

「保育器には入れません」

母親はきっぱりといった。

父親は驚いた。しかし、貧しかった。経済的にはもちろん、医学の知識も、赤ん坊に対する感情も。生まれたばかりの木の棒みたいな赤ん坊を、どれだけ器械に入れておけば人間らしく育つのか、そうしたらどれだけお金がかかるのか。見当がつかなかった。それで、父親もいった。

「保育器には入れません」

その小さな赤ん坊は保育器には入れられず、他の赤ん坊たちと一緒に新生児室のベッドに並んで寝かされた。どう見てもふたまわりは小さく、泣き声はか細く、ミルクを飲む量も少なく、みすぼらしい赤ん坊だった。

保育器に入れないデメリットについて、医師も看護師ももっと説明してもよかったのではないか。両親はべつに主義主張があって保育器に入れなかったわけではない。ただ無知だっただけだ。もうひと押ししていたら事態は変わっていたはずだった。特に、赤ん坊を保育器に入れることで特別料金がかかるわけではないという点をきっちり説明するべきだった。

保育器に入れられなかった未熟児の赤ん坊は、耳は聞こえたが、雑音が混じった。意味のある音とそうでないものを選り分ける力が育っていなかった。目もやがて見えるようになったが、やっぱり意味のあるものとそうでもないものを選り分けるのが苦手だった。たくさんのものがいっぺんに見えすぎた。すぐに頭がいっぱいになってしまうので、しょっちゅう目を瞑っていなければならなかった。

不思議だ。保育器にも入らず、干涸びた枝のような赤ん坊が曲がりなりにも育ったこと、そしてその赤ん坊にそのときのものらしい記憶があることも。

＊

目はまだ開いていなかったのに、私はその光景をはっきりと覚えている。母の声も、父の声も、この耳で聞いている。

私にはちょうどいい出生だったと思う。あるいは、あの出生だったから今の私があるというべきか。私は成長してもいつもどこか足りなかった。足りない、足りない、といろんな人にいわれて育った。細くて、青白くて、かさかさしていて、でも、どこに何が足りないのかもわからなかった。たいていは何か失敗をしてから、どうも何かが足りなかったようだと気づくのだ。足りないものが何なのか、わかっていればまだ打つ手はあったのかもしれないのに。

カセットコンロの上の土鍋(どなべ)の蓋(ふた)を開け、水炊きの具をひと目見て、こんなもんは鍋じゃねえと父が怒鳴ったことがある。足りねえよ。足りないといわれて、ぬりえをしていた私は腰を浮かせかけた。自分のことをいわれたと思ったのだ。

「春菊が入ってねえよ」

私のことじゃなかったみたいだ。たしかに春菊がなかった。それを一瞬にして見抜いた父はすごいと素直に思った。怒って出ていく後ろ姿を、感心して見ていた。

「あんた、ぼーっと見てないで引き留めなさいよ」

台所の暖簾(のれん)をかき分け、こちらに顔を出した母が眉(まゆ)をひそめた。

「あ、ごめん」

あわてて立ち上がり、玄関のドアにぶつかるように派手な音を立てて出ていった父を

追おうとすると、

「いいわよ、もう」

母がため息をついた。

「春菊がないくらい何よ。そんなことでいちいち怒られたんじゃたまんないわよ」

そうか、なくてもいいのか。春菊が足りないのは致命的なのかと思いかけていたから、なくてもいいといわれて拍子抜けした。

父は小一時間ほどで戻った。戻ってきて、春菊だけじゃなく、いろいろ具の少なくなった鍋を食べはじめた。

「食べるんなら最初っから文句いわなきゃいいのに」

母の小言もどこ吹く風で、父はじゃぶじゃぶと鍋をよそってもくもくと食べた。ほんとうは母もほっとしていたんだと思う。父はときどきふらりと出ていって、そのまま三か月くらい戻ってこないことがあったのだから。

三か月というのは長いようで短くて、いろんなことになかなか慣れることのできない私が父のいない生活にようやく慣れはじめる頃だった。その頃、父はまたふらりと戻ってくる。いることに慣れなかったり、いないことをさびしいと思ったりするのは、時差ぼけみたいなものだった。

どうして出ていってしまうのか、そしてまた戻ってくるのかわからなかったけど、きっと母にも、そして父自身にもわからなかったに違いない。

戻ってきたときにはなんだか精気の抜けたような顔をして、ちんまりと神妙にしている。私は父のそんな姿を見るといつも、待っていた人はこの人ではなかった気がした。いない間に勝手に美化してしまうのかもしれない。それで、照準を少しずらしたりゆるめたりして徐々に目の前の父に合わせていく。ある瞬間、そうか、これが父だったか、と思う。新しい照準の合った新しい父がいる。

畳に仰向きで寝っ転がって、両手を組んで頭の後ろに当て、それで頭だけを起こしてテレビを観ている。昔はこんな姿勢でテレビを観なかった。いや、意外と腹筋があるのかもしれない。そんなような合わせ方だ。昔はこうではなかったのではないか、から、照準をずらす。ダブルなんだっけ、ダブルバインドだかダブルブラインドだか、ダブルなんとかで視ると、物事のいろんな側面が見えるというあれだ。

茄子の揚げ浸しが好物で、出奔する前の晩も鼻歌を歌いながらつついていたけど、帰ってきた夜は煮浸しで鼻歌を歌っていた。食べ物の好みが少し変わったのかもしれない。つまり、そんなような感じだ。そうやってなんとか照準を合わせ、輪郭がぴたっと定まってしばらくした頃に、どうせまた父はいなくなってしまうのだった。

私に何かが足りないから、父は出ていってしまうのではないか。

ずっとそんな気はしていた。気だけだから悩むほどではなかった。何かあったときだけ、私のせいじゃないのかと自分を責めてみる。でも、気づいた。私のせいじゃない。私のせいで出ていくほど、私は大きな存在じゃない。きっと父にも何かが足りないのだ。母といても、私がいても、そこが満たされなくて、ついふらふらと何かを探しに行ってしまうのではないか。足りないところを埋めるものなんて、外で探したって見つからないのに。お母さんのお腹に置いてきてしまったに違いないのに。

父は妻にも娘にもお菓子やアイスを食べられるのを嫌がり、必ず自分の名前を書いていた。いつだったか、カップのバニラアイスを食べていた父が、インスタントコーヒーときっかり交互に食べたり飲んだりしているのを見て、私もまねをすることにした。牛乳を温めて、そこに何粒かインスタントコーヒーを入れるだけの薄いコーヒー牛乳を、当時の私は愛していた。

「ミルクフロートって知ってるか」

コーヒー牛乳を飲もうとした私に父はいった。私が首を横に振ると、

「ミルクにアイス浮かべんだよ。うまいよ」

得意そうに教えてくれた。それでも私が、コーヒー牛乳をひとくち飲んでアイスを食べ、またコーヒー牛乳を飲んで、アイスを食べ、と繰り返していたのを見かねたのか、

「おまえさ、せっかく教えてやってんだから、ちょっとやってみようとか思わないの」

不満そうだった。それで私は温かくて薄いコーヒー牛乳に大事なアイスを浮かべたのだ。みるみるうちにアイスは雪崩れて溶けていった。あわててスプーンでアイスをすくおうとしたのだけど、薄いベージュの液体に白いアイスが溶けて、表面に小さな泡の渦巻きが残るばかりだった。

ははーん、と父は笑った。

「飲んでみな。溶けたところを」

私は急いでマグカップに口をつけた。アイスが少しでも残っているのを期待して。

「な？ アイスはもともとミルク味だから溶けたらわかんねえだろうけど」

そのとおりだ。うっすら甘いミルクにアイスが溶けても味はわからなかった。父を信じてみすみすアイスを無駄にしてしまった。

「そこをようく味わうのが通なんだよ。なんだよおまえ、おい、泣くなよ。アイスくらいで泣くんじゃねえよ」

うっとうしそうに父はいい、べそをかく私に自分のアイスをひとくちだけ食べさせてくれた。

ばかな父だったんだか、いい父だったんだか、わからない。その両方だったのかもしれない。私は父が好きだった。好き以外の選択肢はなかった。

私にとってはいい父でも、いい人ではなかったのだろう。少なくともいい夫ではなかったんだと思う。ときどきいなくなったりしても、大概三か月か、長いときでも半年で帰ってきていたのに、あるとき出ていってそれきり戻らなかった。どこかで元気で暮らしていてくれればいいなと思う。

父はいい人だとか駄目な人だとか分類する枠から外れて、なんというか、ぜんぜん違う方角を見ている人だったと思う。そういう意味では、母も似たようなところがある。いつもそっぽを向いていた。家の中はいつもぐちゃぐちゃだったし、私もそれが当然だと思って暮らした。でも、だんだん大きくなって、たまに友達のところへ遊びに行くと、なんだか家の様子が違うのだ。単純に、団地は狭い。だけど、それだけじゃないみたいだった。居心地というなら、よその家の居心地がいいわけがない。それなのに、快い空気で満たされているようだった。認めたくなかった。よその家のほうが気分がいいなんて、うちに対して軽い裏切りを働いたような気持ちになった。

以来、家の中のことは私がする。お皿は食事のたびに洗えば次の食事の支度にすぐに取り掛かることができた。そんな大事なことを私は十歳にして初めて知った。ついでに流しもさっと磨いておけば、油のどろどろがお皿の底に付いたりしないし、フライパンの茶色い跡が付くこともない。

私はにこにこした。にこにこにこにこしながら、その日から食器はすぐに洗って流しを磨いた。玄関の靴を片づけた。整理して靴箱にしまえば、出かけるときにも帰ってきたときにも他の靴を踏まずに済む。

窓を磨けば、空が見える。団地の五階から見えるただの景色はそれほど魅力的でもなかったけれど、畳に寝たまま窓を見上げると空だけが切り取られて見えた。まぶしいくらいに晴れて青い空も、銀鼠色（ぎんねずいろ）の分厚い雲に覆われた空も、私だけのもののように感じられる。空を独占できるなんて、こんな贅沢（ぜいたく）があるだろうか。

母ならしかたがない。たぶん、ほんとうに知らなかったんだろう。こんな贅沢な楽しみを。知っていたなら、やらなかったはずがない。学校で教えてくれてもよかった。算数や国語の授業で教わることが毎日の暮らしに役立ったと感じたことは一度もなかったけれど、こういうことを教えてくれればその日から世界が少し明るくなる。暮らしやすいということはそれだけでありがたい。によによと笑い出したくなるほどだ。

それでも、それらは家の中にいる間だけだ。私は、玄関のドアから一歩外に出ると、だめだめのぐずぐずだった。ああ、ずっと家にいて、磨いた窓から空を眺めていられたらいいのに。幾度も幾度もそう思った。

私はあんまりうまく人と話すことができなかった。自分から話すことはほとんど浮かばなかったし、人の話を聞いているだけならまだしも、それに答えようとすると途端に雑音が混じって聞き取れなくなってしまう。

――今日のお昼、絢花と結子がじゃみじゃみじゃみぃ。

――あはは、それじゃあたしはぷよぷよぷよぅ。

そんなふうだ。相槌を求められると、しかたがないからうなずくことにしていた。今なんていったの。何の話なの。そんなことを聞き返され話の腰を折られることを誰も望んでいない。だいたい、聞き返したところで同じなのだ。わあわあ響くか、くるくる回るか、何かおかしなことが起こって人の言葉の語尾が聞き取れない。聞き取れなくてもべつにかまわない。友達は他愛のないおしゃべりに反論がほしいんじゃない。同意がほしいのだ。だから私はうなずくばかりだ。うなずくばかりだから首が疲れるんだろうか。首から肩が凝って、ひどいときは頭が痛くなる。

私には何かが足りない。痩せた白樺のように生まれたから、今でも青白くて棒立ちで、ときどき葉っぱをかさかさ鳴らすくらいで満足な相槌も打てない。でも、しかたがない。たぶんこのままずっといくんだろう。人と交じれず、人に好かれず。それでも嫌われたりあからさまに除け者にされたりするわけではなかったから、どうにか息をひそめてやってきた。

築三十年を超える団地の部屋に帰って、洗濯物を取り込み、母が朝食べて置きっぱなしにした食器を洗い、洗面所のカランを磨き、窓を拭く。そうしているうちに自然に私は息をつくことができた。耳鳴りのようだった雑音が消え、かさかさしていた肌がいつのまにか潤っている。夜中まで誰も帰ってこない、ひとりの部屋に寝そべって窓を見上げる。立っていって窓を開けば、なんということのない見慣れた風景が見えるだけの窓。それなのにこうして見れば新しい場所へ連れていってくれる。空。雲。鳥。雷。ときどきは、風。虹。飛行機が飛んだり、円盤が横切ったり、ときどきは蝶(ちょう)や蜂や蜘蛛(くも)が顔を覗(のぞ)かせたりもした。そこに、父が見え、母の笑顔が浮かぶ。

お父さんはお金持ち、お母さんは美人。

いつか聴いて気に入っている歌が流れ出す。頭の中で流れる音楽には雑音は混じらない。

夏が来て、暮らしは楽
魚が跳ね、綿花は高く背を伸ばす
あんたのお父さんはお金持ち、お母さんは美人
だからさ、よしよし、泣くんじゃないよ

私は泣いたりしない。お父さんがお金持ちで、お母さんが美人で。それでどうして泣くことがあろう。

母と私は父が出ていってからも、同じ団地で暮らした。私は地元の小学校と中学校と

高校を出て、薬問屋に就職した。地元にいなければ、父が帰ってきたときに困るだろう。そう思ってきたけれど、母はどうだったのだろう。母がときどき誰かとデートして帰ってくるのは知っていた。母もべつに隠そうとはしなかった。もしかして、そろそろ団地を出ようといい出すのではないか。そうなったらどうすればいいのか考えもつかなかった。

薬問屋にはどうして受かったのかわからない。私なんかにはべらぼうに割のいい就職先だったらしい。何人かにおかしいといわれた。はっきり言葉にしておかしいという人もいたし、そこまでではないにしろ、やんわりとおかしがる人もあった。

「あんたほんとにラッキーだったよ」

友達の路美ちゃんもいった。

「ラッキーだけで就職できたんだから、あぶないよ」

何があぶないのかわからなくてきょとんとしていたら、

「だからさ、ラッキー使い果たしちゃったかもしれないじゃん。とんでもない職場に配属されるかもしれないよ。変な薬扱ってる部署だとか、薬の実験台にされちゃう部署だとか」

きひひと笑った路美ちゃんを私は無視した。路美ちゃんは就職がうまくいかなかったからしかたないんだ。

「おかしいよ、あんな会社」

　私が黙っているので路美ちゃんはいつまでもいい募った。

「おかしい。あんたが受かるなんておかしい」

　いわれてみれば、そうかもしれない。今まで、おかしいのは私だといわれてきたけれど、ほんとにおかしいのはまわりだったのかもしれない。私を入社させる会社だとか、路美ちゃんだとか。そんなことを思って路美ちゃんを見たら、なんだかいつもより変な顔に見えてちょっと笑ってしまった。

「あんたはいいよねぇ、いつもそうやってのんきでいられてさぁ」

　変な顔をした路美ちゃんはそういって道端の石ころを蹴ろうとしたが、はずれて空を蹴った。

　ところで、路美ちゃんにおかしいといわれたからというわけではなく、その会社はほんとにおかしかったみたいだ。勤めはじめてすぐに自宅待機になって、半年ほどで倒産してしまった。何かおかしいと思ってたよとみんないったけど、私は、そんな状態でよく私を入社させてくれたなあとうれしかった。払うお金が足りないのに無理をしてでも雇いたいと思ってくれたんだもの。

　そういうわけで、私は高校を出て半年で失業してしまった。でも人がいうほど驚いたり悔しがったり焦ったりしなかった。会社の人事部の人が、自宅待機の間に何か資格を取る勉強をしておくといいかもしれませんよと忠告してくれていた。たぶん、人事部の人も、あぶないと思っていたのだろう。それで親切に教えてくれたのだと思う。

ただ、私には資格を取るほどの力がなかった。能力とか、腕力とか、気力とか。近くのスーパーのレジを過ぎたところの台にあった、資格を取れる講座が百ほども載った無料のパンフレットをもらってきて、何の資格にしようかなあと眺めはした。でも、初めのページから眺めはじめて、二ページ目にはもう、飽きてしまっているのだった。だから、何度も何度もフラワーアレンジメントの説明を見た。ちょうど最初のページのいちばん目につく場所にフラワーアレンジメント講座の紹介が載っていた。

最初は居間の座蒲団(ざぶとん)の上に置いておいて、そこにすわるときにそれを手に取って見ようと思っていた。すると、一日じゅう家にいるわりに座蒲団にすわることなんてあんまりないことがわかった。結局私は一か月くらいフラワーアレンジメント講座ばかり眺めることになった。なんだか知らないけど、最初のページから順番に見ていかなくてはならないと思い込んでいたのだ。見ても見てもフラワーアレンジメントには消しゴムの消しカスほどの興味も湧かなかった。

一か月目に思い切ってページをめくった。そうしたらそこに出ていたのがホームヘルパー講座だった。一級、二級、三級、とあった。だいたい、級がつくときは数が小さいほうがむずかしい。段がつくときは数が大きいほうがむずかしい。それくらいは知っている。そうか、フラワーアレンジメントには級も段もないからつかみどころがなかったのか、とようやく思い至った。

　ホームヘルパーには資格試験があるわけではないことも初めて知った。五十時間の講習を受ければ、誰でもホームヘルパー三級を取れる。認定資格というらしい。考えてみれば、フラワーアレンジメントだって国家資格ではないだろう。ホームヘルパーの上下欄に目を移すと、庭木剪定師(せんていし)も、俳句インストラクターも、資格のある職業ではない気がする。そもそも職業かどうかさえ不明ではないか。

　何か資格を取っておくようにと人事部の人はいったのだった。ホームヘルパー三級でもだいじょうぶだろうか？——というより、だいじょうぶじゃなくてもそれしかない気がした。とにかく講習を受ければ資格がもらえるのだ。あとはホームをヘルプすればいい。これなら私にもできるかもしれない。そう思ったのだった。

「まったく初めてなのよね」

「はい」

　加納さんはもう一度確認した。加納さん自身がよく知っていることのはずだった。古畑ケアセンターにヘルパー登録して、初めての派遣だ。初めてだと何度も確認することで、私の注意を促そうとしているのかもしれない。でも、初めてということより、足りないということのほうが、よりゆゆしき事実だ。初めては次には初めてじゃなくなるけれど、足りないものは付け加えたり補充したりしない限りいつまでも足りない。

「じゃあ、横江先生のところをお願いね」

私はヘルパー三級の資格しか持っていないし、なにしろ初めてだから、むずかしい家庭に派遣されることはないと思う。二級くらい早く取りなさいね、と加納さんはいうけど、そんなに簡単に取れるものだとは思えない。だいたい私は、三級を取ったときにずいぶんがんばった気がしたのだ。それなのに春から制度が変わって、三級は役に立たなくなるという。二級のテキストをぱらぱら開いて、十秒くらいですぐに閉じた。これは無理だろう、と思ったのだった。

「だいじょうぶよ、あの家は。いわれたことを大人しく聞いていればなんにも問題ないから」

渡された資料を見たら、通っていた中学の近くだったから安心した。行き慣れた町というだけで安心する。

「先生って中学の先生ですか」

加納さんに聞いてみたけど、

「知らない。みんな先生って呼ぶから」

そういうことは家族調査票には書いていない。名前と年齢、要介護度、それに家族の有無。横江正吉、七十九歳、要介護1。息子とふたり暮らしらしい。何の先生だろうかと思う。私は昔から先生とはうまくいかない。

だけど、昔先生だったことも知らないっていわれちゃうんだな。もちろん、ヘルパー要請のあった一戸のお宅の個人的な事情など知られなくても当然だとは思う。先生だから何、社長だから何、という話だ。こちらは先生の仕事のヘルパーに行くわけじゃないし、ずっと無職だった博打（ばくち）打ちのヘルパーに入るのとサービスに何か違いがあったりしたらそれこそ問題だ。ただ、なんにも知らないってことが少し不安だった。

「ともかく、今まで一度も問題報告なし。週に三回、一回二時間。まずはこの辺から徐々に慣れていくといいわね」

初回だけ加納さんも同行してくれるという。それならだいぶ心配は薄くなる。次からはもう初めてではないのだから。

中学校の正門の前には用水路が流れていて、正門の幅で橋が架かっている。中学校の敷地が終わるところで用水路は道の下に隠れ、道路を挟んでまた顔を出す。ところどころにコンクリートで蓋をしてあったり、橋が架かっていたりしながら、住宅地を流れ、やがて地面に潜って見えなくなる。

その、見えなくなる辺りで左に折れると、横江先生の家はあった。家という感じではない。前面に硝子戸が入っている。何かの店のようだった。何の店かはわからなかった。薄暗くて、少なくとも流行っている店には見えなかった。加納さんは硝子戸を引いて、足を踏み入れた。こんにちはー、と声をかけるより先に、ちりんちりんと鈴が鳴った。こんな鈴で来客が伝わるのだろうか。

返事はなかった。私は加納さんの陰で店の中を見まわした。店というより作業場のようだ。壁じゅう絵だらけだった。大小さまざまな額に入って、いろんな絵が壁を埋めている。それればかりか床にも、絵が入っているらしい白くて薄べったい箱が山積みされていた。土間の真ん中に大きな作業台があって、天板には作業道具がごちゃごちゃ載っている。

こんにちはー、横江さーん、と奥に向かって加納さんがもう一度声をかける。

こんにちはー、と私もまねをしてみる。いつもより少し大きな声が出た。この作業場はいいなと思った。雑然として、ちっとも片づいていないのに、何かいいものが隠されていそうな、焚き火のような匂いがする。何より、耳鳴りがしなかった。

奥から、人の気配がした。

「すみません、横江先生のお宅ですね。私、古畑ケアセンターの加納と申します」

「ああ、はい」

奥が自宅になっているらしい。少し高くなっている戸口から土間へ現れたのは、白い前掛けをした男の人だった。

「しばらくお休みになられていましたね。こちら、新しく担当させていただく佐古です」

振り向かれて、あわててお辞儀をした。

「よろしくお願いいたします」

「ああ、先生なら上にいるよ」

そういうと男の人は店の奥のほうへ向かって、せんせー、と叫んだ。それから、いったん履きかけていたサンダルを脱いで、自宅のほうへ上がった。

誰かに似ている。そう考えてすぐに思い当たった。

犯人だ。

昔、まだ父が家にいた頃、毎日毎日ボードゲームばかりやっていた時期があった。小学校から帰ると、ふたりでボードに向き合う。表と裏が別のゲームになっているボードが、十枚くらいあっただろうか。それを延々とやり続けるものだから、しまいには楽しいんだかつらいんだかわからなくなってしまった。父も遊んでくれているふうではなかった。畳に胡坐(あぐら)をかいていたのが、だんだんと足が伸び、やがては横になって片手で腕枕をしながらゲームを続けたのを覚えている。顔は苦行僧のようだった。

その中のひとつに探偵ゲームというのがあった。相手が選んだ「犯人」を、「探偵」がヒントを聞いて当てるゲームだった。
・黄色いシャツを着ています。
・帽子はかぶっていません。
・髭（ひげ）があります。
ヒントを出すたび、出されるたびに、どきどきする。もっとも、私はいつもすぐに当てられてしまった。いつも同じ人物を犯人に選んだからだ。盤上のどこをどう探しても犯人はその男以外に考えられなかった。目立たない服を着て、中肉中背、何事もなかったような顔をして、そこにいる。それなのに、何かが匂う。ぜったいに秘密を隠していると思う。犯人はこの男以外にいない。

今、奥に戻っていった男の人は、あの犯人に似ていた。

しばらく待っていると、犯人が戻ったその場所からおじいさんが出てきた。背が高くて、かくしゃくとしている。この人こそ横江先生に違いないと思う。

「はじめまして、佐古です。今日からよろしくお願いいたします」

できるだけ明るい声をつくって挨拶をする。

おじいさんは、笑顔になってお辞儀を返してくれた。

「こちらこそよろしくお願いします」

加納さんは店の奥へ入っていく。

「今日は佐古が初めてなので同行しました。この機会に契約の確認をさせていただきたいと思います」

穏やかながらはきはきと話す加納さんの後に続いて私も店の中を進む。絵を売っているお店だろうか。さっきの男の人が店主か。あの、探偵ゲームの犯人にぴったりの人。匂う。犯人の匂い、そして絵具の匂い、木の匂い。私はうっとりと息を吸い込んだ。

横江先生の家はちょうどいい大きさだった。

広すぎもせず、狭すぎもせず。ゆっくり歩いても、急ぎ足になってもちょうどいいくらいの、続き間の和室だ。たとえば大の字に寝転がって手足をうんと伸ばしたとしてもまだ少し余裕があって、でもそこからずりずりと身体をずらしていけばすぐに指の先で壁に触れることのできそうな安心感がある。あまり理想などというものを考えたことのない私も、この家の大きさは理想的だと思う。

もちろん、私は畳に寝転がったわけではない。ただちょうどそんな大きさだなあと見積もっただけだ。なにしろヘルパーの領分は厳格なのだ。やるべき仕事はきっかり決められていて、その他は指一本触れてはいけないし、お茶を一杯飲んでもいけない。トイレを借りるのも避けたほうがいいくらいだ。意味もなく――ほんとうは広さを確認するという意味があるにしても――部屋に寝転がったりするなどもってのほかだ。ヘルパー失格。すぐに加納さんが飛んでくるか、加納さんに飛ばされるかだろう。

この一か月ほどの間に、加納さんが飛んできたのは二回、加納さんに飛ばされたのが一回。横江先生のところ以外にも紹介されて通うようになった三軒のうち、早くも一軒で担当替えをいい渡され、もう一軒もあぶないと思う。しかたがない。私は緊張して要介護者の言葉も家族の言葉も聞き取れなかったし、こちらがいわなきゃならないことを伝えることもできなかった。赤ん坊の頃からの性質だからしかたがない。しかたがなくはないかもしれないけれど、しかたがないと思うほかない。緊張すればするほど耳に雑多な音が混じってわやわやになってしまう。

それなのに、なぜか横江先生のところでは耳が澄んだ。横江先生の言葉は、語尾が震えることも消えることも変身することもなかった。私は安心して働くことができた。

横江先生は元気だが、左半身が不自由だ。時間さえかければほとんどのことは自分でできるものの、時間にも限度があるので少々手伝いをさせていただく。あまり長い時間をかけると、忘れっぽくなった先生が途中で何をしているのだったか思い出せなくなってしまうという問題もあった。

先生が椅子から立ち上がるのを気長に待ちながら、頭をまわして部屋をぐるりと見る。ほんとうは立ち上がるのに手を貸したいところだけれど、自分で立ち上がりたいから手伝ってほしくないという。もっともだ。急ぐ必要なんかどこにもない。

なんでもあるなあ、と思う。なんでもある家だ。表のお店から続く、母屋の入り口になっているのが六畳の和室で、隣に続きの四畳半の和室があり、その奥が六畳くらいの板の間の台所と食堂になっている。天井は低い。どこも襖や戸を開け放してあるからひと続きの部屋にも見える。ある程度整えられてはいるのに雑多な印象があるのは、壁一面が手づくりらしい木枠の収納棚になっていて、そこにいろんなものがぎっしり詰め込まれているせいだ。

電話帳、紙袋、包装紙、リボン、ガムテープ、カッター、うちわ、クリスマス模様のついたクラッカー。それらがひとつの升目に入っている。仕分けされていないのではなく、仕分けされた上でそこにあるのだろう。たぶん、さわらないほうがいい。あの辺には近づかないでおこうと思う。

辞書、輪ゴム、紫色の石、お面、かるた、今年の一月のままの卓上カレンダー。よくはわからないけれど確固たる理由があってそこにまとまっているのだ。こういう棚を見ると、すんすんと澄んだ神聖な気持ちになる。この家にはこの家の決まりや秩序や基準がある。私にはわからない風が吹き、雨が降るのだと思う。

「立ち上がってしまえばこっちのものです」

ようやく両膝(りょうひざ)を伸ばした先生が晴れやかにいう。

「これで私は勝ったも同然です」

治外法権、でよかっただろうか。何かそんな言葉が今の気持ちに近いと思った。物の分け方、勝負の行方。私の与(あずか)り知らないところで物事は進む。治外法権だが、それはそれでかまわない。

先生をソファに移したら、掃除の時間だ。こまごまとしたものを動かさないよう気をつけながら雑巾を使い、掃除機をかける。掃除は要介護者の主な居室のみと決められているから範囲が狭い。あっというまに終わってしまう。掃除を済ませたら食事の支度だ。冷蔵庫の中から何か見繕うことがほとんどだけれど、要望があれば買い物にも行く。先生は左半身に軽い麻痺があるためバランスが取れず、包丁は握れないはずなのに、なぜか蒟蒻と大根を切るのは好きなのだそうだ。時間をかけて丁寧に切ってゆく。大根と似ているのに人参では駄目らしい。葉物も苦手で、

「葉っぱを包丁で切るときの感触はちょっとぞっとしませんね」

などという。ぞっとするの反対で、つまり好きということなのかと思っていたら、忠告された。

「あのですね、佐古さん。ぞっとしないというのは、ぞっとするの反対語とは違います。ぞっとするというのはかなり嫌悪感が強い印象がありますが、ぞっとしないのはそれほど否定的な語ではありません。あまりおもしろくない、感心しない、くらいの言葉です」

そんな具合に先生が少し不自由なはずの口でよく話し、私は、はい、とか、はあ、とか相槌を打つ。

食事の支度が調うと、早めのお昼を先生がひとりで食べる。

「佐古さんもどうぞ」

必ず声をかけてくれるが、そのたびに断る。そうしなければならないからだ。

「私は朝が早いので、お昼も早いのです」

ひとりで食べるのは気が引けるのか、そんなことも毎回いう。

「どうぞお気になさらず、温かいうちに召し上がってください」

私がいうと、ようやく先生は、いただきます、と手を合わせるのだった。


「なんですかね、これは」

横江先生がお茶碗(ちゃわん)の中をしげしげと覗くので、何か変なものが入っていたのかとあわてでしまった。

「すみません、あの、何か」

入っていたのかと聞いては、入っていなかった場合にかえって嫌な気持ちになりそうだ。

「――お米以外のものが?」

尋ねると、横江先生は眼鏡の奥の目を上げた。

「いいえ、お米以外の何物でもありません」

そういうと、箸(はし)でご飯を口に運んだ。何を聞かれているのかわからなくて、私は食卓の横に立ったまま先生の言葉の続きを待った。

「まあ、おかけなさい」

促されて先生の向かいの席につく。

「しかし、あれですね、介護保険というのはほんとうに融通が利かない。年寄りにひとりで食事をさせろというのは酷な話です」

「はい」

介護保険適用のヘルプ中には、要介護者と同席して食事をとることはゆるされていない。食事の支度も要介護者の分のみだ。多くつくったからといってヘルパーが一緒に食べることはもちろん、家族が食べることも認められない。

「お茶も駄目なんですか」

先生は駄目だとわかっていて聞いているのだ。

「はい。お茶も駄目なんです」

「では申し上げます」

「はい」

「このお米はどうしたんですか」

やっぱり質問の意味がわからなかった。でも、質問の意味がわからないのは私にはよくあることだった。横江先生の質問は最後まで聞き取れるだけだいぶましなほうだ。

「このお米については私はよく知りません」

正直に答えられるままを答えた。このご飯のお米は、この家の台所の米櫃にあったものだ。どこでどうやって手に入れたのか、まして誰がつくったものか、私は知らない。

先生はちょっと眉をひそめてから、

「まあ、いいです。夜の間に小人が来て、古いお米とおいしいお米を入れ替えておいてくれるというのは、よくあることです」

「えっ」

私は声を上げた。

「そんなことがあるんですか。小人ってやっぱり三角帽をかぶって長靴をはいてる、あの小人ですか」

先生はちょっと私を見て、

「そうですね、私が見たものはかぶっていました。フェルトでできた帽子だったように思います。靴は木靴でした。では、あらためて――いただきます」

野菜の炊き合わせに箸を伸ばした。

私はじっと想像した。フェルト帽と木靴の小人はどんなにかわいいだろう。しかし小さな身体にとって、お米を交換するのは重労働だろう。私が代わってあげられれば、そんなことくらいちょちょいのちょいなのに。

「小人さん、このお米はどうやって炊きましたか」

先生の質問に私はあわてて辺りを見まわした。この辺にまだ小人が潜んでいたとは、その可能性に気づかなかったとは。

「あなたに聞いているんです、佐古さん」

「は」

ぽかんと口を開けた私に向かって先生はうなずいた。

「私？　ですか？　何を？　小人が？　お米？」

「質問はひとつにしてください、佐古さん。私はただ、このお米をどうやって炊いたのかと聞いたのです」

先生は穏やかな顔で聞いてくれているのに、私はますます混乱してしまった。お米はこの家の炊飯器で普通に炊いただけなのだ。先生をがっかりさせるのがつらかった。

「すみません、炊飯器にまかせっきりでした」

「そんなはずはありません」

「いえ、でもほんとうに」

「うちの炊飯器がこんなにいい仕事をするのを見たことがありません。佐古さん、正直に教えてください。どうしたらこんなにおいしいご飯が炊けるのですか」

すみません、すみません。ほんとうに炊飯器のスイッチを押しただけなんです。——

謝ったりするようなことではないのはわかっていた。だから、謝るのは我慢した。傍目(はため)にはただぼうっとしていたように見えただろう。

　こういうときに、相手をよろこばせるような答をいえる人が私は好きだった。そしてそれは望んでも自分には手に入らない能力だということもわかっていた。なにしろ私はこれまで、質問されている途中で語尾がふにゃふにゃと消えていってしまうのをなすべもなく見守ることしかできなかったのだから。

「残念ながら、私はスイッチを押しただけです。そうしたらやがてピンポロンと炊けた合図が鳴って」

「ピンポロンですか。その音からして普段とは違いますね」

「一度蓋を開けました。もうもうと蒸気が上がっていましたから」

「ほう、もうもうと」

「ええ、その蒸気が収まるのを待って、おやすみ保温に切り替えました」

「蒸らさないんですか」

「ここの炊飯器は火力が強いようなので、炊けたらすぐに蓋を開けて蒸気を飛ばしたほうが、ご飯がべたべたしないみたいなんです。保温モードも、弱いほうにしておかないとすぐに茶色くなるようです」

「しゃもじで底から混ぜないんですね」

「混ぜないほうがおいしいと、あの、私は思うんです」

　私は思う、というのは恥ずかしかった。私が思うことに意味はないと知っていた。

　先生はふんふんうなずいて、それから黙ってしばらく自分で切った大根を食べていたが、やがてもったいぶった口調でいった。

「そういうふうに」

「はい」

「炊飯器の言葉を聞くことができる人は貴重です。あなたは筋がいい」

　筋がいいといわれて私はひっと息を呑んだ。息を呑むことしかできなかった。落ち着いて考えてみれば、私はどうやらほめられているらしかった。それなのに、ほめられたことがないからどう反応していいのかわからない。息を呑むのが正しい反応だとは思わなかったが、ではどうすればいいのか見当もつかなかった。

　先生は私の様子には頓着せずに、もう黙っていた。黙ってお昼を食べ続けた。

　余計な雑音が混じるために人の言葉をきちんと聞き取ることのできない私が、炊飯器の言葉を聞くことができたというのはうれしいニュースだった。なかなか周波数の合わないラジオのつまみを回していて、思いがけずピッと合った、そこが炊飯器の声だったのかもしれない。私は口元を緩めて炊飯器を見、それから先生と、厚切りの大根をかわるがわる見た。

午後十二時に仕事を終え、その場で報告書を書く。

横江先生はたいてい食卓にいて、

「お茶も飲めないなんて、大変なお仕事ですね」

などと淡々という。ほんとうに大変だと思っているかどうかは定かではない。時候の挨拶みたいなものだとも思う。

「また明後日伺います」

私がお辞儀をすると、

「ごきげんよう」

すわったまま、軽く右手を上げた。初めて聞いたときは、ごきげんようだなんて何かの台詞かと思った。この家へ来るまで生で聞いたことのない挨拶だった。

「ごきげんよう」

照れくさいので心の中だけでいってみて、それから、

「さようなら」

ちゃんと声に出して挨拶をし、頭を下げた。

緑の花柄のへなへなしたトートバッグを取って、部屋を出る。階段を下りて、沓脱ぎに置いたスニーカーをつっかけながら、ちょっと身体が軽くなっているのを感じた。ど

うも私はここへ来るのが好きらしい。ここでは気分よく働ける手応えがある。他にも二軒の家へ派遣されているけれど、比較にならない。ここは居心地がいい。

スニーカーの紐を結び直しながら、小さく首を振った。今生まれたばかりの気持ちを今のうちに打ち消しておいたほうがいい。好きだとか、居心地がいいとか、そういう気持ちは必要ではないと思う。ヘルパーの掟は、与えられた仕事以外のところには指一本触れないこと。好きかどうかを基準にするのは、掟の外枠を指一本で触れるどころか、指を十本分合わせて摑んでがしんがしんと揺さぶるようなことなんじゃないだろうか。

私は身体を起こし、大きく息を吸った。気持ちを入れ替えようと思ってのことだったけれど、思いがけず木の匂いが胸の中を通っていった。

沓脱ぎから向こうは土間だ。作業場も兼ねたお店になっている。何のお店だかいまだに知らない。横江先生が何の先生なのかも、そういえば知らなかった。

バッグの中の自転車の鍵を手で探しながら店の中を歩いていくと、ちょうど作業台に屈んでいた男の人が顔を上げた。

「失礼します」

お辞儀をしながら通る。犯人だ、と思いながら。この特徴のない顔、背恰好、髪型、服。木の葉は森に隠せというけれど、この人が人混みに紛れたら、もう探せないだろう。

無言でお辞儀を返してきた犯人のそばを通り過ぎるとき、ふと、不思議な木の葉が目に入った。何だろう。ここに隠れているもの。犯人の手の下にあるもの。今、犯人がその上に木枠を当てて作業をしていたもの。

「それ、何ですか」

思わず聞いていた。

作業に戻りかけていた犯人が再び顔を上げた。

「レコードのジャケットだよ」

知っている、と思った。私はそのレコードのジャケットを知っている。違う、ジャケットじゃなくて、もっと、その人、そこにある何か。駆け寄って、手に取りたくなった。無性に懐かしかった。

「何のレコードですか」

さらに聞くと、その人はぶっきらぼうにジャケットをこちらに向けて立ててみせた。

「エラ・イン・ベルリン」

エラ・イン・ベルリン。そんな名前だったか。親戚のおばさんみたいに親しげに笑っている、ジャケットの女の人。

「あのう、そのレコードをどうするんですか」

うん、と犯人は白い前掛けで右手を拭った。

「額装するんだよ」

それから、壁の時計を見上げて、お昼か、とつぶやいた。

「俺、午前の仕事これで上がるけど、どうする？」

どうするってどういうことだろう。

答えられずにいたら、犯人は親指で右のこめかみの辺りを押さえた。

「だからさ、昼飯の後でこれを額装するつもりなんだけど、見ていくかってこと」

「いえ、あの、私」

額装というのがどういうことなのかわからなかった。お昼ご飯の間じゅうお腹を空かせて待っているわけにもいかなかったし、だからといってもちろんここでお昼を済ませるわけにもいかない。

「いや、いいんだ。見たそうな顔してたからいってみただけ。いいんだ。興味ないよな、普通」

それなのに、思いがけず口走っていた。

「見ます、見せてほしいです。その、額装」

すると、犯人がにしと笑った。人に慣れない小熊みたいな笑顔だった。

「これ、レコード。見たことある？」

見たこと、ある、と思う。何か懐かしいものを見た気がしたのだ。

「レコードの額装を頼まれたんだけどね」

けどね、の後、しばらく空いた。ここで何か気の利いたことをいわなければならなかったりするだろうか。でも犯人は私の反応など意に介さぬふうに先を続けた。

「依頼した人はこのジャケットが芸術的にすぐれているから額装したかったわけじゃないと思うんだよ。エラ・フィッツジェラルドは好きなんだろうけど、それにしたってこのジャケットの顔が特に好きってわけでもないと思うんだな」

ひと息に話すと両手で持ったジャケットを立てたまま自分の目の前に持ってきてゆっくりと上下させた。そうやって何かの角度を測るか、重さを確かめるか、光の加減を見ているかのようだ。

「レコードのカバーっていうより、音楽そのものを飾りたかったんじゃないかなあと」

そういって、私を横目で見た。

「どう思う？　それより、知ってる？　この人の歌」

はい、とうなずいた自分に自分で驚いた。曲名を聞かれたら答えられなかった。ただ、ジャケットを見ているうちに、やっぱり、懐かしさがこみあげてきたのだ。

お父さんはお金持ち、お母さんは美人。

そうだ、あの歌だ。あの歌はこのレコードに入っていたのだと思う。思うだけじゃなくて、たしかだ。たしかに入っていた。

「太くて、やわらかくて、深い声でした。なんていう歌だったか題名は知らないんですけど、夏が来て、暮らしは楽、っていう歌が入っていたと思います。お父さんがお金持ちで、お母さんが美人。綿花が育って、魚が跳ねて。そういう歌です。私はその歌がすごく好きでした」

「いいねえ」

小熊が笑った。

「あなたに見える景色」

あなたがあねてに聞こえた。よほど照れくさいらしかった。私に対する二人称をどうしたものかいいあぐねているふうだった。

「うん、いいと思う。あなたはしあわせに育った人だ。その景色を切り取ってやればいいんだな」

しあわせに育った自覚はない。でも、いわれてみればしあわせだったような気もする。だってふしあわせだと思ったことはないから。お父さんは帰ってこないけど。お母さんはだらしないところもある人だけれど。ふしあわせではなかった。

「こんな感じかと思ってたんだけどな」

そのジャケットに焦げ茶色の素朴な木枠を合わせて、こちらに向けてくれる。ああ、いい感じだ。どうやら枠をつけて飾れるようにすることを額装というらしい。

―いいですね」

でいる。

私がいうと、小熊は今度はずるい人間みたいな顔つきになった。口元が上向きに歪んでいる。

「ほんとにいいと思う? なんかさ、これ、誰がやってもこんな感じになるんじゃない?」

誰がやってもこんな感じになるとしたら、たぶんそれが正解だと思う。最小公倍数というやつだ。

「ほんとはもっとしあわせな感じなんじゃないの? これ聴いたら、しあわせな景色が目に浮かぶんでしょ」

しあわせな景色。そうかもしれない。愛されて、抱かれて育った赤ん坊。仲のいい夫婦。それは、私のしあわせの願望だったのかもしれないとぼんやり思う。でも、もしも私がそう思ったからといって、この額装を頼んだ人がどうなのかはわからない。私が思うことには何の意味もない。

「そうだよ、きっとしあわせな思い出を飾っておきたくて額装を思いついたんだよ」

彼は私にというより自分にいい聞かせるように繰り返した。そうして、何か納得したらしく何度かうなずいてから、レコードジャケットを作業台の上に戻した。

「あ、じゃあ、俺、これから昼だから。お疲れさまでした」

そういったときには元の犯人顔に戻っていた。放っぽり出されて虚を衝かれた。見ていくかと聞いたのではなかったですか。これからどう額装するのか見ものだったのではないですか。

「お疲れさまでした」

だけどいえずに、私はむなしく作業台のそばを離れる。

表の硝子戸の取っ手に指をかけたとき、

「今度あなたが来るときまでに、仕上げとくから。どんな具合か、見てよ」

犯人の声が背中へ追いかけてきた。

自転車で帰る途中、遠まわりしてレンタルCDショップへ寄った。エラ・イン・ベルリン。エラ・イン・ベルリン。唱えながら探したけれど見つからなかった。

寒風の中、首を竦めて駅の近くのCDショップまで自転車を漕ぐ。エラ・イン・ベルリン。エラ・イン・ベルリン。店に入ると、ぼわっと暖かかった。冷えきった頭がのぼせそうだ。エラ・イン・ベルリン。エラ・イン・ベルリン。あった。レコードとCDではジャケットの迫力がずいぶん違うけれど、たしかにこれだ。財布の中身を検め、意を決してレジへ持っていった。なけなしのおこづかいが飛ぶ。だけどともかくこれを聴きたかった。私のしあわせだったらしい記憶を、その風景を、確かめたかった。

初冬の団地の五階に、「サマータイム」が流れる。

夏が来て、暮らしは楽
魚が跳ね、綿花は高く背を伸ばす
あんたのお父さんはお金持ち、お母さんは美人
だからさ、よしよし、泣くんじゃないよ

ああ、やはり、この歌だったと思う。私たち家族はこの歌を何度も聴いた。

歌うのはエラ・フィッツジェラルド。作曲がジョージ・ガーシュウィン。オペラ『ポーギーとベス』の劇中歌。作詞はデュポーズ・ヘイワード。豊かな声で奏でられる物悲しい旋律を聴きながら私は歌詞カードの和訳を読む。

お父さんはお金持ち、お母さんは美人。

解説をさらに読み進んだとき、頭ががくんと揺れた。今リピートして流れている歌が、急にまったく別の色彩を帯びはじめる。何かがおかしかった。うすうす気づいていたのかもしれない。しあわせな、というにはあまりにも儚(はかな)い、窓の向こうに見える遠い景色のような、幸福のかたち。

この歌は、オペラの劇中で、過酷な環境の下に生まれた赤ん坊に反語的に歌いかける

子守唄だった。父親は金持ちどころか貧しい黒人の漁師で行方不明、母親もその後を追っていなくなってしまうという。

私には何かが足りない。久しぶりに思い出した。私には何かが足りないのだ。こんな歌をしあわせな歌として覚えてしまった。

加減乗除のルールを習ったのは小学校の何年生だったか。ひとつの式の中にいろんな演算が混じっていたら、掛け算と割り算は足し算や引き算よりも先に計算するという、あの無茶なルールだ。そんなばかな、と思ったのだ。今さらいわないでちょうだい。めずらしく私は怒ったのだった。

あのときの、取り返しのつかないような焦りがふつふつとよみがえった。掛け算と割り算を優先することにどんな意味があるのか知らないが、あまりにも理不尽で勝手なルールではないか。そんな決まりを突然押しつけられても責任は取れない。今まで知らなかったから、きっと何度も足し算や引き算を先にしてしまったに違いない。そのときはそれで正しくても、今となっては間違いになるのか。

あっけらかんと掌（てのひら）を返された悔しさが「サマータイム」に重なる。ごめん。しあわせな景色だと思っていた。なんにも知らずに、全部間違えてきた。

犯人は知っていたのだな、と不意に思う。私から見える景色を「いいねえ」と笑った。あなたがしあわせならそれでいいのだ、といっていた、ような気がする。私の思い違いだろうか。あなたの見たしあわせな景色を切り取る、と犯人はいったのだ。

私は何も知らなかった。しあわせな歌の記憶だけが残っている。だけど、歌詞の内容をそのまま受け取ったからしあわせだったわけではなかった。あの頃、家でレコードをかけて家族三人がそれぞれの場所で頬杖をついたり、寝転がったり、マニキュアを塗ったりしながらなんとなく聴いた歌だから。あのときはわからなくても今になってわかる。あれはやっぱりしあわせな歌だった。

私は畳にそろそろと横たわる。呼吸が浅くなっている。未熟児で生まれたことが関係しているのか、私の肺は機能がじゅうぶんとはいえないようだ。すぐに咳き込むし、季節の変わり目には喘息が出る。冬になりかけの低気圧には息が上がりやすい。全身の力を抜き、背骨が畳の目に沿うよう、ひたっとくっつける。こうしていると落ち着くのだ。

母は今夜も遅いだろう。しあわせそうだったあの頃の自分は、ほんとうにしあわせだったろうか。喘息の発作が出て唇が紫になった夜がしあわせだったとはいえないかもしれないけれど、咳き込む私の背中をずっとさすってくれていた手の記憶は温かだ。その手のなくなった今は冷えているのか、それとも自分で発熱できるようになったことをよろこぶべきなのか、ぜんぜんわからない。わからないけれど、かまわない。あの歌と、あの歌の流れていた景色がしあわせかどうかなんて、判断するのは治外法権のような気がする。

見慣れた天井の節目を数え、それから窓の向こうに視線を投げる。ここから、いろんなものが見えたのだ。空だけじゃなく、雲だけじゃなく、父も、母も、仲よくしていた友達も、怒ってばかりだった先生たちも、あの窓の向こうを横切っていった。しあわせな景色を切り取る、と犯人はいった。切り取った景色を、額に入れて飾るのだろう。いい仕事だと思う。今度横江先生のお宅を訪問するときが、今から楽しみだ。あの人が誰のどんなしあわせを額装するのか、後ろのほうから見させてもらおうと思う。

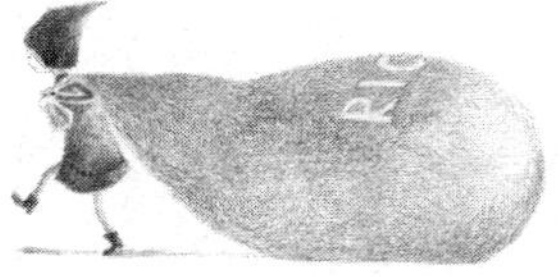

あめ、あめ、ふれ、ふれ、かあさんが。

湿気を孕んだ重たい風を頰に受けながら自転車で坂を上る。手がかじかみそうだ。ペダルを踏み込むリズムに合わせて、口から歌がついて出る。

あめ、あめ、ふれ、ふれ、かあさんが。

そこまで歌ってから、降ってない、降ってない、と小声で打ち消して、中学校の前を通り過ぎる。校舎はしーんとしているけれど、中で恐ろしいことが行われているのは間違いない。授業だとか、試験だとか、ホームルームだとか。

あめ、あめ、ふれ、ふれ、かあさんが。

用水路沿いに走って、二百メートル先を左へ。あれ、さっきも同じところまで歌ったっけ。じゃのめでおむかいうれしいな。左手に、黒ずんだ古い家が見えてくる。ぴっち、ぴっち、ちゃっぷ、ちゃっぷ。看板は出ていないけれど、表が店、奥が住居。らん、らん、らん。

硝子戸にかからないよう、なるべく脇に寄せて自転車を停める。光の歪んだような一枚硝子から薄暗い中を覗くと、人の気配はなかった。

ヘルパーとして訪問するときは、約束の時間の三十秒前にチャイムを鳴らすことにしている。これが私の「時間ぴったり」だ。決まりではないが、それがちょうどいいと思う。よかれと思って早く行っても訪問されるほうはうれしくないかもしれない。遅刻するのはもってのほかだ。いつも「時間ぴったり」に行くのがいちばんいい。

そう思っているのに、九時五十三分。七分早かった。腰を屈めて、もう一度硝子の向こうを覗く。暗くてよく見えない。でも、たぶん、いない。ほっとしたような、がっかりしたような、背中に張っていた気持ちがぺなんと萎(しお)れる感じがした。どうしようか。つい早く来てしまったけれど、犯人がいないのではしかたがない。ここで少し待とう。覗き込んでいた身体を戻そうとしたとき、不意に、視界いっぱいに群青が広がった。

「うわあ」

「どうしたの、そんなところにへばりついて」

硝子戸を内側から開けながら群青色のカーディガンの犯人がいう。

「誰もいないのかと、お、思いまして」

「いたよ。寒いから早く入って閉めて」

私はおずおずと店に入り、もとは金色だったらしい鈍い金属の取っ手を持って戸を閉める。

「あのう、お邪魔じゃないですか」

おそるおそる問いかけると、

「どうして、仕事でしょ」

犯人は素っ気なく答えただけで店の奥へと入っていった。

そうです、仕事です。でも「時間ぴったり」までの七分間は仕事じゃないんです。

口には出せなかった。額装した『エラ・イン・ベルリン』を、私にとっては「サマータイム」を、見せてくれる約束だった。忘れてしまったのだろうか。半分はあったはずのほっとした気持ちが、一気にがっかりに塗り込められるのを感じた。

作業台の手前を通って母屋のほうへ向かおうとしたとき、犯人がこちらへ戻ってきた。手に額縁を持っていた。

「ほい、これ」

私のすぐ前で、掲げてみせる。

「あ」

口は開いたままだったと思う。ゆっくりと瞬（まばた）きをするうちに、しあわせな光景がするすると目の前に広がっていく。

そこに飾られているのはエラ・フィッツジェラルドの屈託のなさそうな笑顔だけれども、すぐに音楽が流れ出し、歌が踊り、足音がし、笑い声がし、花や雲、虫、鳥が飛ぶのが見えた気がする。天井、畳、卓袱台（ちゃぶだい）。その上に載っていた湯呑（ゆの）み、その向こうに靴下を半分ほど履いた大きな足、その足を組んで寝転がっている大人。ああ、あの大人は間違いなくあのときの私に近しい光景の一部だった。私の味方だった。「サマータイム」が響く光の景色の中で、寝ていたはずの人がやさしげな眼(め)を開く。

「お父さん」

思わずつぶやいてしまった声を、犯人は聞こえないふりをしてくれた。

いっぺんによみがえった懐かしい光景の余韻をまだすぐそばに感じながら、私は頭を下げた。

「どうもありがとうございました」

犯人は私を見て、にしと笑う。この表情はもう、犯人じゃない。どこにいても人波に紛れて決して目立つことのなかったはずの人が、目の前ではっきりとした輪郭を取りはじめている。

「気に入った?」

「びっくりしました」

素直な感想だったけれど、それではこの人は満足しなかったらしい。

「気に入った?」

もう一度同じことを聞く。私の気に入るかどうかなんて、どうでもいいことだろう。

「初めて見たんです。あれが、額装、なんですね」

「気に入った？　気に入ったんだね？」

試されているのだろうか。気に入るとか気に入らないとか、私なんかが答えてはおこがましいと思う。この額は、気の問題ではない。それをうまく説明できそうもない。黙って唇を噛んでいると、犯人はため息をついた。

「ほんとうは気に入らなかったんだな」

激しく首を横に振る。気に入らないんじゃない。気に入った、けれどそこを超えている。私の気なんてどうでもいい。それをどう伝えればいいのかわからなかった。

「音楽が聞こえました。景色も見えました。びっくりした。窓から向こうを覗けたような気がしたんです」

それだけいって、あわててもう一度頭を下げ、その場を離れた。もう、「時間ぴったり」だった。

母屋へ上がると、先生が台所でお湯を沸かしていた。薬缶がしゅうしゅういっている。今度こそ、ほっとした。額装された光景に飲み込まれそうになった場所から、ようやく安全なところへたどりついた感じがした。

先生の背中はしゃんと伸びて、機嫌がよさそうだ。たとえば猫だって、背中の毛並みで機嫌のよしあしがわかる。まして人間なら隠しようもない。機嫌のいい背中ほど見ていて気持ちのいいものはないと思う。

「おはようございます」

機嫌のいい背中が振り向いた、と思ったのに、実際の先生はばつの悪そうな顔をしていた。壁の時計を目だけで見上げ、

「ああ、もうそんな時間でしたね」

そういいながら、またこちらに背中を向けている。

「お湯、沸いてますね。止めましょうか」

近づこうとした私を軽く片手を上げて制した。

「けっこうです。それより、佐古さんもお茶をいかがですか」

「ありがとうございます、でも、私は飲めないんです」

ヘルパーはお茶を飲んではいけないことになっている。それは先生も知っているはずだ。

「下戸(げこ)ですか」

先生は悠然と屈んでガスの火を消し、銀色の薬缶からカップにじょっとお湯を注いだ。カップからは白い紐が垂れていた。

「あ、運びます」

丸盆にカップを載せ、テーブルへ運ぶ。足の不自由な先生が少し遅れてテーブルに着

く。

椅子にすわった先生は、ひとつ小さく咳払いをした。

「本来、紅茶というものは大きなポットでじゅうぶんに葉を開かせて楽しむものですが」

背筋を伸ばし、両手を膝に載せてお行儀よくすわっている。

「まあ、たまにはこんなふうにさっと淹れたお茶もいいかなと思う日もあります」

はい、と私はうなずいた。そしてエプロンをつけ、今日はどこから掃除を始めようかと部屋をぐるりと見まわしてから初めて、もしかして、と気がついた。ティーバッグを気にしているのだろうか。先生はティーバッグで簡単に紅茶を淹れることを後ろめたく感じていたりするのか。

「あのう、うちではティーバッグ一袋でふたりぶん淹れます」

私がいうと、先生は目を上弦で左から右へ半回転させた。

「それはけっこうですね。仲のいいふたりです」

ふたりぶん淹れたからといって、ふたりで飲むとは限らない。私が二杯飲む。母は紅茶を飲む時間には帰ってこないからだ。

「たしかに丁寧に淹れた紅茶の味は格別だと私も思います。でも、たまには味と手間を天秤にかけて、手間のほうを、いえ手間のかからないほうを選びたいときもありますね」

先生はティーバッグの紐をつんつんと引っ張りながら、小声でいった。

「しかし、うちにはうるさいのがいましてね。ときには簡単なほうで済ませたい場合もある、簡単なほうがいい場合だってある、そのことをあの人は理解できないようなのです」

えーと、と私は口ごもった。あの人というのは犯人のことだろうか。家族調査票で先生は息子と暮らしていることになっているのだから、まず間違いなく犯人は先生の息子だろう。しかし風貌(ふうぼう)も物腰もまったく似ていないのでふたりの関係がうまく結びつかない。

「つまり、あの人は紅茶をポットで淹れないと気が済まないということでしょうか」

あの人で押し通すと、先生はカップから目を上げた。

「紅茶はものの譬(たと)えです」

もっとわかりやすいものに譬えてくれたらよかった。むずかしい譬えは私には伝わらない。部屋の中はストーブで暖まっているのに、外の冷たい風が入り込んできて、耳の辺りでぴうと小さく鳴った。さびしい音だった。先生がどんなことを譬えてくれても、きっと私はそれが譬えであることにも気づかず通り過ぎてしまうのだろう。同じところに立っていても、見えたり聞こえたりするものには大きな開きがあるのだと思う。

先生がティーバッグをソーサーに引き揚げたところで、私は考えるのをやめることにした。私が考えてもしかたのないことなのだ。

「向こうの部屋から掃除していきますね」

私にできるのは、ともかく目の前の仕事をきちんと片づけることだけだ。ほんとうは、掃除できるのは居間に限られているのだけれど、数分だけ目を瞑(つむ)っていてもらおう。いつも戸を開け放してあるから、台所までがひと続きの居室みたいなものだ。

はたきをかけるそばから、さっきの額の中のエラ・フィッツジェラルドがよみがえる。額の中というより、額の向こうというほうが正しいかもしれない。額の向こうに世界があって、それをこちら側から覗いている。たしかにそんな気持ちだった。

先生には先生の光景があり、あの人にはあの人の光景があり、私にもうすぼんやりした光景が見える。それらがどこかでほんの少し重なるから、私も同じ光景を垣間(かいま)見たような気持ちになれるのだろう。

氷山の一角という表現があるけれど、私の見ているもの、聞いているものなど、氷山に閉じ込められたありんこみたいなものに違いない。南極に蟻(あり)がいるかどうかはさておいて、その蟻にも見える景色を切り取るのが、きっとあの人の仕事なんだ。

はたきをかけてから掃除機をかけ、台所の床にモップをかけ、流しを磨き、それからお昼ご飯のお菜(さい)をつくった。

「さっき、そこで話していたでしょう」

先生に話しかけられて、キャベツを刻んでいた手を止めた。

「はい？」

「なんだか楽しそうでしたね」

店で額を見せてもらっていたときのことだろうか。

「こんなことを私が頼むのもなんですが」

先生は棚に置かれた赤べこの辺りを凝視していた。つられて私もそちらを見た。

「最後のお願いだと思って聞いてやってくれますか」

赤べこの頭がゆらんと揺れた気がした。

「縁起でもないことおっしゃらないでください。先生の頼みならいつでもできるだけ叶(かな)えたいと思っています」

「では、あの人と友達になってやってください」

「はい？」

最後のお願いだというからもちろん聞き届けるつもりではいたけれど、それはとてもむずかしい依頼だった。私が友達になりたくても、彼はべつに望んでいないだろう。そもそも友達になんてどうすればなれるんだろう。

問い返したら先生はがっかりするだろうか。

「あのう、先生の最後のお願いだというのにすみません、よくわからないんです。どうすれば、何ができれば、友達と呼べるのでしょう」

先生は私の顔を見、それからおかしそうに少し笑った。私は自分がどんな顔をしているのかわからなかった。

「あなたはほんとうにおもしろい人ですね。まわりにたくさんいるでしょう、友達」

ああ、やっぱり、先生から見える景色と、私が見ている景色は違う。先生が普通に見ているものが私には見えないと思っていたけれど、逆もあるのだ。私に友達がいるように見えるらしい。先生にはそれが普通の光景だからだろう。

私は曖昧に笑い、俎板の上のキャベツに向き直った。ざく、ざく、ざく。小気味よい音で、先生の依頼をごまかせるような気がした。

同級生のことを、「クラスの友達」と呼ぶのが小学校での習わしだった。友達じゃないのに友達と呼ぶのはおかしい気がしたが、私の気など誰も気にしちゃいない。一度も話したことのないただの同級生をクラスの友達と呼べば、友達のハードルは下がる。それが狙いだったのかもしれない。あなたにもこんなにたくさんの友達がいますよと子供たちを安心させるための。もちろん子供たちは知っている。そんな友達が百人いたってなんにもならないのだ。

そういえば、たまに思い出したように父や母に聞かれた。友達とはうまくやっているのか、と。言葉以上の意味はなかったと思う。うまくやる友達がそもそも私にはいなかったのだけれど、それをいうなら、父や母にも友達などいたのかどうか。父や母が友達と会ったり、ましてや家に連れてきたりするようなことはなかった。

友達はいないのかと聞いてみたこともあった。そうしたら、ばかだなおまえ、大人になったらそういつも友達とつるんだりする暇ないんだよ、と父に笑われた。笑っていたけど目はどこか全然違う方角を見ていた。

父のいうことはほんとうだったかもしれない。大人になったら友達とは毎日会わなくていい。会わなくてもつながっているからか、友達なんてそんなものだからか。毎日会わなくてもいいなら気が楽だなと、ともかくそのときの私は思ったのだ。友達と会うのさえ毎日でないほうがいいと思っているなら、もっと他の、どうしても毎日会わなくてはいけないものやことや人に会うとき、どうすればいいのか。きっと父はいつもみたいにあらぬほうを見て心を背けるのだろう。母は母でにこにこお愛想をいったりして毎日から目を背けている。あの頃の父と母はそんなふうだった。好きでもない、友達でもない人たちに揉まれて、にこにこと、青息吐息で暮らしていた。

「ああ、それから、佐古さん。最後のお願いというのは、今日最後のという意味ですから」

壁の時計を見上げると、ちょうど十二時になるところだった。

中学校の角を曲がって、家へと自転車を走らせる。横江先生のお宅での仕事は滞りなく終わった。あの人はあれっきり姿を見せなかったから、あの額もあれっきりだ。帰りにもう一度見せてもらえたらなあと期待していたのに、それが叶わなくて、予想以上に落胆している。

あめ、あめ、ふれ、ふれ、かあさんが。

自転車のスピードに合わせて早口になったり、ゆっくりになったりする。勝手に口をついて出てくる歌を止めることはできない。

そうだ、急いで帰ることはないのだ。今日の午後から訪問するはずだったお宅は、昨日突然担当替えになった。週に二回、まだ通いはじめたばかりだ。いうことを聞かない、というのがその理由だった。そのとおりだ。頭を下げるしかない。だけど、いうことを聞かないつもりはなかった。ただ、ほんとうに聞き取れなかっただけだ。まじめに聞こうとすればするほど、耳に力が入って熱を帯び、穴が膨張する感じがある。すると音や声と一緒に余計な風が入るのか、雑音のほうが大きくなって肝腎なところが聞き取れなくなる。

「病院で診てもらったらどうかと思うけど」

加納さんはいった。私が黙っているので、念を押すように顔を覗き込んだ。

「今後のためにも、一度調べてもらいなさいよ」

どこを調べるんだろう。耳の穴が膨張するところをだろうか。そういうのもちゃんとレントゲンに写ったりするのだろうか。たぶん、むなしい。普段はただの穴なのだ。レントゲンや手術でなんとかなるほどわかりやすいものではないだろう。

「精神的なものもあるのかもしれないから。あなたのためにいってるのよ、佐古さん。そうじゃないと、もうヘルパーとして派遣するのがむずかしくなるからね」

加納さんの言葉の語尾がだんだん広がりはじめた。ぼわぼわ、ぼわぼわと風が通る。今がピンチだということはわかる。まだ通いはじめて一か月も経たないうちから二軒でクビになるというのは相当なことだと思う。なんという名前だったか、あの駄目なハンコ。これは駄目ですよ、ポーン、とつくハンコ。はい、あなたは駄目ですよ、ポーン。私の頬に朱色の駄目マークが押される。いや、それ自体は特に問題ではない。押して済むことならいくらでも押してくれればいい。問題なのは、仕事がなくなることだった。どうすればいいんだろう。これからどうやって食べていけばいいだろう。

あめ、あめ、ふれ、ふれ、かあさんが。北風に向かってペダルを踏み込む。耳が冷たくてちぎれそうだ。じゃのめでおむかい、うれしいな。角を曲がれば、すぐに団地の入り口だ。車止めのコンクリート棒が半分で折れて崩れかかっている。小さい頃、よくこの車止めの上に立って、頭にトンボが止まるのを待っていた。他の子供たちが団地の脇の長方形の広場で鬼ごっこやかくれんぼをしているそばで、私だけ交じらずに車止めの上にいつまでも立っていた。誰も私が何をやっているのか気にしなかったし、私もそれでよかった。トンボが頭に止まったらうれしいけれど、そこから何をするか考えがあるわけでもなかった。

二本の車止めの間を通り、自転車置き場のほうへ走りながら、ふと、疑問が湧いた。

幼い頃の自分はそんなにトンボが好きだっただろうか。

わからない。覚えていない。ただ、少なくとも今の私が特にトンボ好きではないということだけは確かだ。幼かった私も、トンボはどうでもよかったんじゃないか。ほんとうはその場にいた子たちと遊びたかったんじゃないだろうか。一緒に鬼ごっこに入れてほしいのに、声をかけられなくて、誰かが気づいてくれるのを待って、ずっとひとりで立っていたのでは。——そんなふうに思ったら胸が塞(ふさ)いだ。

がちゃがちゃに突っ込まれた自転車のわずかな隙間(すきま)に、黄緑色の自転車の前輪をねじ込む。ほんとうは赤い自転車がよかったのだけど、中古自転車屋さんで一番安かったのがこれだった。赤いのがほしかった。七年も乗っているのだから二千円の差なんてじゅうぶん元が取れたはずだ。

そう考えてから急に申し訳なくなり、小さな声で名前を呼んだ。

「ロドリゲス」

どうしたんだろう、今日の私は。何不自由なく乗ってきた自転車だったのに。古びた自転車たちの群れに交じり、飄々と次の出番を待つ黄緑の自転車は、私のロドリゲスだ。きれいな名前だと思ってつけたけれど、男の名前だったらしい。

「ごめん、ロドリゲス」

私はほんとうに赤い自転車がほしかったのか、鬼ごっこに交ぜてもらいたかったのか。覚えていない気持ちを想像して胸を塞いだってしかたがない。私はトンボを頭に止めたかったのだし、めずらしい黄緑色のロドリゲスに跨りたかった。そうではないかもしれないけれど、そうかもしれない。意識しなかった気持ちを掘り起こすのはやめよう。とりあえず私は今日も元気ではないか。

ぴっち、ぴっち、ちゃっぷ、ちゃっぷ、らん、らん、らん。

団地の階段を一段飛ばしで上がる。早く帰って暖まろう。

少し息を切らして、鉄製のドアを開ける。玄関の狭い三和土に人の背中があって驚いた。その人も驚いたみたいだ。振り返って私を見ると、いや、とか、どうも、とか、これは、とか、意味のない単語を口ごもりながら連発した。

見覚えのない、勤め人ふうのおじさんだった。この人がいったい誰なのかと考える間もなく、奥の部屋から胸元の開いたブラウスを着た母が顔を覗かせて、男が目に入らないかのようにいった。

「おかえり。早かったのね」

それで私も男を無視して靴を脱ぎ捨て、背広の脇をすり抜けて部屋へ入る。テーブルの上に、食べ終えたカップラーメンの容器が載っていた。脂の浮いた茶色いスープに割り箸とティッシュが入ったままになっている。容器が一個であることになんとなくほっとして、

「食べたら捨ててよ」

小さい声でいい、それを流しに運んだ。

「あたし、これから出かけてくるから」

玄関のほうへ行きかけていた母がいった。

「うん」

「遅くなるから」

「うん」

それでもまだそこに立ってこちらを見ているので、

「どうかした？」

聞くと、黙って首を振り、それから、いきなりつかつかとこちらへ向かってきた。

「あんた、えらいよ」

「ええ？」

「あんたくらいの歳でもまだのうのうと学校に通ってる子も多いじゃない。あんたはきちんと見切りをつけた。仕事をして、帰ってきて、あたしの食べたカップラーメンを捨ててくれる。あんたはえらいよ」

答えようがなくて、うん、とうなずいておく。それでもまだ母はそこを動かずに、バッグをつかんでいるほうの右手に視線を落とした。

「友達だから」

「え？」

母はぱっと私に顔を向けた。両眉と口角を上げたおどけた顔だった。そして、玄関のほうを小さく指さして、口パクで、

「と、も、だ、ち」

それだけいうと目を細め、手を振って、玄関へと消えていった。

ドアの閉まる音がした。途端に、なんだか身体に力がうまく入らなくなってしまった。

友達、か。最高じゃないの。家まで遊びに来てくれる友達。

お米を研ごうと思って出しかけていたボウルを棚に戻し、私は居間に戻って寝転がった。窓から見える空は、おもしろいものを何ひとつ映さないと決めたような鉛色だった。

手元のラジカセのCD再生ボタンを押す。

緑の生い茂る川辺にすわり、ゆったりと流れる水を眺めている。そこに浮かぶ一艘の

小舟。それを漕ぐオールが空中でゆるやかに弧を描き、静かに水中へ落下する。目を瞑って聴いていると、前奏から歌が始まる直前でありありとオールの軌跡が瞼に浮かぶ。水草の匂いまで感じる。

夏が来て、暮らしは楽
魚が跳ね、綿花は高く背を伸ばす
あんたのお父さんはお金持ち、お母さんは美人
だからさ、よしよし、泣くんじゃないよ

瞑った目から涙が一筋流れるのがわかった。悲しくも、うれしくもない。どうして泣いているのかわからなかった。目を開け、焦点の緩んだ瞳で節目だらけの天井を眺める。それから窓の向こうの空を見る。
トンボが止まるようにとひとりで棒の上に立っていた痩せっぽちの女の子が見える。初めて買ってもらってうれしかった自転車が見える。盗られないよう名前を書いておきなさいといわれて、泥よけの上に油性マジックでロドリゲスと書いた。もしも赤い自転車を買ってもらえていたら、きっと違う名前になっていただろう。ロドリゲスのような流麗な名前じゃなく、かわいらしい名前に。

はっとして、畳の上に身を起こす。なんだか今日は調子が変だ。いつもは考えないこと、思い出さないことが次々によみがえって貧弱な胸を揺さぶる。

そうだ、紅茶を淹れよう。ポットで紅茶を淹れてみよう。普段はそうすると先生が話してくれたとおりに。

突拍子もない思いつきのようだけれど、何かしていないとますます調子が狂いそうだった。見たことのない男と出かけていった母と、午後からどこにも行くあてのない娘。部屋の底で何かが淀んでいる。この辺で立ち上がって、空気をまわさなければ。

窓を開け、台所で勢いよく薬缶に水を汲む。ポットがないから急須で代用するとして、ティーバッグの袋を破って葉っぱを取り出すとして。ラジカセからエラ・フィッツジェラルドの声が聞こえてくる。すぐそこに立っていてくれるような、背中に手をあててくれているような、懐の深い声だった。

急須の茶漉しの目が粗いせいか、ティーバッグの中の葉が細かかったせいか、カップに注いだ紅茶には無数の葉が飛び出して沈んでいた。私はテーブルに両肘をつき、それが口に入らないように、注意深くカップを傾けて飲む。それでも、苦くてまずかった。これならティーバッグのまま淹れたほうが断然ましだ。味がないのを気にしなければ、ティーバッグは少なくともまずくはない。

我慢してもうひとくち飲んでみたものの、浮いていた葉が口の中になだれ込んできて舌がじゃりじゃりする。あきらめて、立ち上がった。カップの中の紅茶を流しに空ける。急須も洗ってしまおうとして、細かい葉が茶漉しにみっちり目詰まりを起こしていることに気がついた。はあ、面倒くさい。普段の家事が好きなのは、おいしいものを食べたいから、清潔な部屋で寝たいから、気持ちよく服を着たいからだ。こんなにまずい紅茶のために後片づけをするとなると一気に面倒になる。

急須を流しに置きっぱなしにして、居間へ戻った。何かおもしろい番組をやっていないかとテレビをつけ、すぐ消した。なんだって先生はわざわざ紅茶を葉っぱで淹れるんだろう。あんなものがおいしいのだろうか。

そう考えていて、気づいてしまった。先生は、私があんな状態の急須を――ティーポットを――洗うことになるのを不憫に思ってティーバッグで淹れてくれたんじゃないだろうか。ティーバッグならぽいと捨てるだけだもの。

私はテレビの前から立ち上がり、ハンガーに掛けた上着を取る。袖を通すのももどかしく、鍵を持って外へ出た。

あめ、あめ、ふれ、ふれ、かあさんが。

何度も繰り返した歌を再び口ずさみながら自転車を漕ぐ。

ピンチはチャンスだ、って誰かがいっていた。何かで読んだのだったか。だとしたら、たぶん、私は今、チャンスの近くにいるんだろう。もしかしたら、目の前にいるのかもしれない。ピンチには気づくのに、チャンスには気づかないなんて不公平だと思う。どうせピンチに気づいたって打てる手などない。黙ってピンチに打たれるだけなのだ。チャンスに打つ手がないのも同じかもしれないけれど、気づくことができたら楽しい気分が身体じゅうをぽかぽか温めてくれるはずだ。

冷たい風を気にせず、ロドリゲスに乗って坂を上る。中学校の前を通り、用水路が地下へ潜るところで左へ折れる。一心不乱に漕いだから、あっというまに着いた。古い家。ぴんち、ぴんち、ちゃんす、ちゃんす、らん、らん、らん。そうだ、チャンスという言葉の響きは、ドラムセットの、シンバルが横向きにぶら下がっているのをスティックで叩(たた)いて鳴らす音と似ている。ちゃんすー、ちゃんすー、ちゃんすー、ちゃんすー。

そして、音楽が始まる。

硝子戸を開けるとき、手が震えた。りん、と鈴が鳴った。

「こんにちは」

奥へ呼びかけるが、返事はない。

「こんにちはぁ」

勇気を出して店の中へ踏み出した。

「はぁい」

気の抜けた返事があって、ようやく母屋のほうから彼が現れた。もう犯人ではない、あの人。人波に紛れ込んでしまって見分けがつかなくなる犯人ではなく、私には顔がわかるし、声が聞き取れる。

「なんだ、あなたか」

言葉のわりに声はやさしかった。

「どうかした？　ま、上がって。お昼食べてるところだから」

「あの、さっきの額、もう一度見せてもらえませんか」

私の居場所は、家だった。あの団地の五階の陽当たりの悪い部屋で、心ゆくまで窓から空を眺めていられればそれでよかった。

いろんなことを素通りしてきた。うれしいとか、悲しいとか、心が揺れるようなことから距離を取ってきた。それはそれでいいのだ、それしかやりようがないのだ、と思っていた。でも、ずっとこのまま生きていくとしたら、私は永遠に自転軸から遠いところで、引力とは別にくるくると自分だけで回る独楽みたいなものだ。誰かを寄せつけず、寄り添わず、誰にも振り返られず、ずっと、ひっそりと、ひとりで。

でも、そうやって自分の場所から一歩も出ないで、誰とも交わらないでいたら、独楽だっていつか倒れてしまう。

ティーバッグの紅茶を飲むのはそのほうが簡単だからではない。私はそれしか知らないからだ。紅茶って紅っぽい色のついたお湯だと思っていた。お茶としておいしいというよりは、水だとつまらないから紅茶を淹れていた。今日試してみて、袋から出したティーバッグの紅茶はもっとおいしくないことを知ったけれど。

紅茶の味なんて知らなくてもさびしくない。それよりももっと骨身に沁みることが、ティーバッグの袋の内側に潜んでいるような予感があった。

「今、食べてるんだよね」

面倒くさそうにあの人はいう。でも、私の耳はいい。ちゃんと育たなかった分、雑音が混じる分、ほんとうに大事なことだけ選り分けて鼓膜に届けてくれる。

「ご飯が終わるまで、待ちます」

「困った人だね、これはまた」

ちっとも困っていない調子であの人がいう。

「よかったら、食べてく？」

「いいえ、あの、私は食べてはいけない決まりになっていますので」

あの人は、ははと笑った。

「それは仕事のときの話。今は違うでしょ。額を見にきたんでしょ」

奥からゆっくりと先生も顔を出した。

「佐古さん、いらっしゃい」

胸の奥で仔犬（こいぬ）がクウンと鳴くみたいに、私はここにある何かをこの手でぎゅっと抱きしめたいと思った。

いつも思うことだけれど、似合うと思って買った服が次に着てみるとそうでもなくなっているのはどういうわけだろう。

もともと服にはほとんど興味がなかった。何を着たってそう変わらない。私は自分の牛蒡（ごぼう）のような脚を見、胴体を見、腕を見る。それから、こわごわ顔を上げてもう一度、額の中の『エラ・イン・ベルリン』を見た。

あの人は好きなだけ見ていていいといってくれた。天にも昇るような気持ちだった。

額はさっき見せてもらったときのまま、作業台に置かれていた。私はそっと手を伸ばし、額を立ててきちんと自分の目の前に持ってきた。そうしたら、ふと、高校の制服が頭に浮かんでしまったのだ。

制服は淡いねずみ色のブレザーだった。入学式の朝、洗面所の鏡に映った私は驚いて目を見開いていた。意外にも、似合っていた。小さい身体、棒きれみたいな腕に、いかにも学生の保護色のようなねずみ色はよく似合った。似合った、と思ったのだ。しかし、二度目からは違った。入学式の翌日に着たときには、すでに私は高校の生徒の群れの中のひとりに過ぎなかった。

それはたぶん悪いことではないのだろう。見慣れて、溶け込んで、混ざりあって。でももう似合っているとはとても思えなくなっていた。みんなが同じ制服を着ているせいで、かえって粗が目立ってしまう。制服の群れに埋没できればいいのだけれど、ときどきは埋没しすぎて底辺を突き抜け、級友たちの足下に紐一本でぶら下がっているような気がすることもあった。初めてとその後には大きな開きがあった。

作業台の上のエラ・フィッツジェラルドは、さっきと同じように朗らかな笑顔でどこかを見ていた。けれど、もう音楽は聞こえてこなかった。額から次々にあふれ出すようだった懐かしい光景は、よみがえらなかった。

右から見て、左から見る。額を高く掲げてみる。作業台に戻し、少し離れて眺めてみる。エラ・フィッツジェラルドはそこで柔和に微笑(ほほえ)んでいる。

不思議だった。さっき初めて見たときの、あの光景はなんだったんだろう。この額を見せてもらった途端に、思いがけない景色を覗くことができた。歌が聞こえ、匂いがした。今は、しんとしている。薄暗い店の中も、作業台の上の額も、そして額の中の『エラ・イン・ベルリン』も。

服には思い入れがない。だから二度目に着たときに、思ったより好きになれなくてもすぐにあきらめた。飽きっぽいから。どうせ最初から特に似合っていたわけでもないのだから。

だけど、この額はちょっと違う。初めて見せてもらったときの衝撃が大きすぎて、あれをあきらめるわけにはいかないと思った。そろそろと額に手を伸ばす。もう一度、思い出を取り戻したかった。

「午後から仕事はお休みですか」

背後から声をかけられて、額を取り落としそうになった。いつのまにか先生が立っていた。

「よかったらお茶でもいかがですか」

一瞬ためらったのは、今ここで額から離れたら、あの愛おしい景色がもっと遠いところへ行ってしまうのではないかと不安になったからだ。でも、それは違うと自分でもわかる。今まで思い出しもしなかったのだ。今さらどこへも行きようがない。エラ・フィッツジェラルドは瞬きをしなかった。「サマータイム」の物悲しい旋律も鳴らなかった。ここでずっと見ていたって、目の前の額にはもう何も起こらないだろう。

派遣先の人と必要以上に親しくしてはいけないという決まりが頭を掠めた。たぶんどんな仕事でも同じだと思う。たとえば美容師には美容師の、先生には先生の、ヘルパーにはヘルパーの、領域がある。でも、親しくしていると考えること自体がおこがましいとも思う。先生もあの人もべつに私と特に親しくしているつもりはないだろう。

「ありがとうございます。いただきます」

私が答えると、先生は穏やかにうなずいた。

「紅茶を淹れましょう」

またゆっくりと母屋のほうへ戻る先生の長四角の背中を、しばらく見守った。よく動かないほうの左側から先生を支えたかったが、踏み止(とど)まった。人に支えられて歩くのは楽ではない。自力で歩くほうがいい。手で触れなくても支えることはできるんじゃないだろうか。

先生がお茶に誘ってくれたことは確実に私を支える。「サマータイム」が聞こえても、聞こえなくても、現実の生身の先生が私の心を温める。

先生が少々時間をかけて母屋への階段を上り、その後ろからついていく。仕事じゃなく人の家を訪ねるなんて、ほんとうに久しぶりだった。

「ああ、どうぞ、その辺にかけてください」

先生は食卓の椅子を指した。食事が済んだところらしく、食器が下げられ、テーブルの上を犯人がお膳拭きで拭いている。

「お湯は沸かしたて」

コンロの前から先生がいう。

「はい？」

「紅茶には沸かしたてのお湯を使うのです」

鼻歌でも歌うかのように先生はいった。

「それから、ポットとカップを温めること」

「はい」

「あとは、たっぷりめに紅茶の葉を入れて」

はい、といいながら私は先生のそばへ行く。たっぷりめってどれくらいだろう。

先生はポットのお湯をいったん捨て、そこへ深緑色の四角い缶から紙縒(こよ)りのような葉を銀のスプーンで山盛り五杯入れた。

「そしてね、佐古さん、ここが大事なんです。薬缶(やかん)のお湯を高いところから注ぎます」

とぷとぷとぷと音がして、白いポットの中でにぎやかに葉が舞い上がる。

「ほら、この感じ。ダンシングっていうんですね。葉っぱが踊るくらいがいいんです」

先生は私がポットの中を覗いたのを確認してから蓋を閉め、キルトでつくられた帽子みたいなものを被(かぶ)せた。

「さ、あとは三分ほど待つだけです。佐古さん、そこの砂時計をひっくり返してください」

いろんなものが詰め込まれた棚の一角を指す。状差しの隣の砂時計をいわれたとおりに返し、ポットと一緒にお盆に載せて運んだ。

テーブルにつくと、新聞を読んでいたあの人が顔を上げた。

そういったのかと錯覚するほど、まさしく待ってましたの顔をして。

「待ってました」

「どうだった？　額」

いつもみたいに雑音が入って、語尾がじゃみじゃみとわからなくなってしまえばよかった。でも、そうはならなかった。あの人の質問は最後まではっきり聞こえ、あの人の目が期待に満ちて光っているのが見えてしまった。

あの人の耳にも雑音は混じらないらしい。あの人の目はちゃんと見えてしまうらしい。私の表情を見てすぐに笑みが消え、最初に会ったときの無表情な犯人に戻った。

「どこかおかしなところでも見つけた？」

犯人の質問にただ首を振るしかなかった。

「でもさっきはあんなによろこんでたじゃない。それが、どうしたの？　今度見たらどこが気に入らなかったの？」

「どうしてそんなにセイキュウなんでしょう」

先生が穏やかな声で遮った。請求されている。私もそう感じた。額装された「サマータイム」に心が動いた、それをきっちりと説明しなければいけないと思った。それがお代ではないか。私はそれを請求されている。

「あなたは昔からせっかちでした」

先生はゆったりと、でも無駄のない動きで紅茶を各自のカップに注ぎ分けながら、犯人を諫めた。

「そんなにセイキュウに答を得ようとしては」

ああ、もしかして性急だろうか。性急にも請求にも答えられない私はうつむきそうになる。でも、顔を上げていなければならない。うつむくためにここにいるのではない。そう思ってから、じゃあ、何のためにここにいるのだろう、と思った。

「軽くて、透明で、とろっとしてて、甘くて、さわやかで、水みたいで、草みたいです」

犯人は眉をひそめた。

「あの額が？」

「いいえ、紅茶です。こんなにおいしいものだったんですね」

澄んだ紅いお茶は、身に沁みるように喉を通った。

「ちぇっ」

犯人がつぶやいた。舌を鳴らしたのではなく、そうつぶやいたのだ。

「あなたは少し黙っていなさい」

先生が犯人を窘めたとき、そうか、と思った。黙っていられなくなったからここへ来たのだ。いつも、ずっと、黙っていて、それでいいと思ってきたのに、急に黙っていられなくなってしまった。

「紅茶、すごくおいしかったです。どうもありがとうございました」

私はそこで息を継いだ。黙っていていいのは、私にとってどうでもいいとき、どう思われてもいいときだ。十九年間、黙ってきた。十九年間、どうでもよかった。

「さっきあの額を見せてもらってから、家に帰っても、なんだかもう居ても立ってもいられない気持ちになってここへ戻ってきたんです」

ひと息にいった。先生も犯人もただじっと話の続きを待ってくれているようだった。それだけでぞくぞくした。私が話してもいいらしい。聞いてくれる人がいるらしい。少なくとも、ここにふたり。

「よろこびいさんで、もう一度あの額を見ました」

少し迷った。話すべきではないのかもしれなかった。

「もう一度見たら——そうしたら、額は、額でした」

「がくっ」

ずっこけてみせたのは先生だ。

「……額だけに」

「先生は少し黙っててくんない」

それで、と犯人が促した。

「はい。歌も聞こえないし、景色も見えませんでした。初めに見たときには私の中からあふれ出てきたいろんな記憶の断片が、今度はぴくりとも動きませんでした」

いってから、あれ、と思った。今、おかしなことをいった。

「ああ、いいんだ、それで。額は再生装置じゃないから」

犯人は口の端だけで笑った。ほんとうはおもしろくないのかもしれない。いや、ほんとうにおもしろいのかもしれない。読み取れない。

「最初は、まったく別の額装にしようと思ってたんだ。ヴィンテージっぽい雰囲気を生かして、好感度大って方向で」

そういえば、こないだは『エラ・イン・ベルリン』のレコードジャケットに焦げ茶色の木枠を合わせてみせてくれたのを思い出した。

「だけど、俺、あなたを見て考えを変えたんだよ。お客さんにとって理想的な額装になったかどうかはわからないけど、少なくともあなたにはよかった。と、こういうことだと思うんだが、どうだろう」

どうだろう。私にとって。たしかに、よかった。あの額装はほんとうに素晴らしかった。でも、過去形だ。現在形ではどうして音楽が鳴らなかったのだろう。

私よりお客さんにとってを最優先に考えたほうがよかったのではないか。もちろん、そんなことはこの人のほうがよくわかっているとは思う。それでも私のことを考えてくれたらしいのに、二度目に見たときにはもう音楽が聞こえなかった。

しかも、だ。私はそれを黙っていなかった。朝見たときほど心は動かなかったと白状してしまった。

「紅茶のおかわり、いかがですか」

先生がすすめてくれて、紅を深めたようなお茶が白いカップに注がれる。水面が波打ち、湯気が揺らぐ。

さっきの間違いが、ぼんやりと見えてきた。何かおかしなことをいった気がしたのだ。初めに見たときには、と私はいった。初めに見たときには私の中からあふれ出てきたいろんな記憶の断片が、今度はぴくりとも動きませんでした。

「私？　額の中からあふれたんじゃなくて、私の中から？」

思わず疑問が口からこぼれる。

「だからさ、それでいいんだって」

犯人はちょっとうれしそうに眉を上げた。

「二度目には動かなかった理由もわかるでしょ」

「いえ、あの、わからないです。二度目にはもう動かないなんて、騙(だま)されていたような、失礼なような気がします」

「どうして」

「一度だけならまぼろしみたいなものじゃないでしょうか。なんだったんでしょう、あれ。どうかしていたんでしょうか、私」

くくくと犯人が笑った。もう、あの人だった。

「まあ、そのへんにしませんか」

先生が穏やかな声で間に入った。

「あなたはすでに変わりはじめているということですよ」

「あ、ずるいなあ。先生こそセイキュウだよ。そういうことは、自分で気づかないと意味がないの」

あの人の抗議を聞き流して、先生は紅茶をひとくち飲んだ。

「私の田舎にあんころもちという銘菓がありましてね」

「は、はい」

しばらく間があった。

「あんこの海の中に白いおもちが潜っている、そんな素朴なお菓子です」

「粒あんですか」

「いいえ」

先生は椅子に寄り掛かっていた背を浮かし、毅然（きぜん）と首を横に振った。

「もちろんこしあんです。こしあんでなくてはならないのです」

「要するに、あれだ、赤福みたいなもんだ」

あの人が口を挟むのを、

「赤福とは違います」

先生がきっぱりと否定した。

「赤福より、もっとおもちが小さくて硬いんです。そして、おいしい」

「大きくて柔らかいほうが好ましい気がするんだがなあ」

あの人の言葉を先生は無視した。

「あなたを見ていると、あんころもちのおもちを思い出します」

ぐっ、と音がしてあの人のほうを見ると、口に入れたお茶を噴き出さないよう懸命にこらえているらしかった。

赤福より小さくて硬いというあんころもちのおもちと私がどんなふうに似ているのか、聞きたかった。でも、聞かなくていいような気もした。おもちやこしあんが悪い譬え（たとえ）のはずがない。だから、黙っていた。先生もそれきり黙っていた。

「じゃ、俺、仕事に戻るから」

あの人が椅子を引き、お盆に自分の分の紅茶のカップを載せた。

つい立ち上がったら、手で制された。

「いいんだよ、今はあなたはお客さんなんだから」

その台詞(せりふ)が鼓膜を打った。甘美な響きだった。お客さん。お客さんか。私もお客さんになれるのか。

あの人は身軽にひとり分のカップを流しへ運んでいった。

そういえば、いつもお客さんみたいな気分でいることを、いつだったか絢花が嘆いていた。きれいな同級生だった。あれはいつだったか、どうしてそんな話になったのだったか。たしか、学校帰りに雨が降っていて、傘を忘れた絢花がバス停まで私の傘に一緒に入ったのだった。

少し濃くなった紅茶をゆっくりと飲む。絢花のことも、絢花といた私のことも、できるだけ客観的に、絵を見るみたいに思い出せるように。

傘の外はひどい土砂降りで、私たちの制服の肩はびしょ濡(ぬ)れだった。白濁する世界で傘の中だけが安全地帯のように思えた。絢花はいつになく私に気をゆるしていたのだろう。家に帰っても、学校でも、お客さんみたいな気分なんだ、と深刻な声で話したのだ。うん、とうなずきながら私はちょっと驚いていた。絢花が素直な言葉を発しているのがわかったからだ。

お客さんはいい。お客さんになれるなら、なりたいくらいだった。

でも、私はお客さんにはなれなかった。ほんとうは特になりたくもなかったのだろうか。自分の気持ちをよく覚えていない。誰も私を招かなかったし、私も誰も招かなかった。高校の学籍があり、机もちゃんと用意されているけれど、なじんでいるとか溶け込んでいるとか思ったことはない。絢花のほうがずっと楽しそうで、友達が多くて、それなのに自分をお客さんだと感じるのか。

私はお客さんになれず、絢花はお客さんであることに悩み、一本の傘の中でくっついて歩きながらずいぶん遠いところにいるみたいに感じた。

お客さんであることさえ嘆くなら、私はどれだけたくさんのことを嘆かなくてはならないだろう。私は嘆かなかった。何も嘆くことを思いつかなかった。もしかしたら、私はしあわせだったのかもしれないし、しあわせではなかったのかもしれない。どうでもいいことだ。しあわせかどうか考えてもしかたがない。名前をつけて納得するものでもない。

「そっか」

口にすると、テーブルを挟んで先生が私を見た。

「名前をつけるのが大本なんですね」

いつもいつも浮いている感じ、頭数に入れられていない感じ。もしもそれをお客さんと呼ぶのだとしたら、そう名づけた瞬間にまたそこから別の何かが始まってしまう。気づいているとか、いないとか、しあわせだとか、ふしあわせだとか。

「名前をつけて、分けていくんですね」

「何をですか」

「私たちのいろんな場面をです」

先生はそれ以上聞かず、自分でポットからカップに紅茶を注ぎ足した。

「あんたに何がわかるの」

あのとき、絢花はいきなり我に返って怒り出した。傘の外へ、どんと突き飛ばされたような気がした。わけがわからなかった。

「お客さん、いいと思うけど」

そういったら絢花は怒りに燃える目を向けた。半分くらい、あきらめていたと思う。私が話しても、伝わらない。だけど、正直な気持ちを口にした。一瞬でも心を開いてくれた絢花へのせめてもの礼儀だと思った。

「私、お客さんになりたいくらいだよ」

絢花は目を瞠った。大きな目が余計大きく黒々と光った。どうやらそれが最上級の怒りの表情であるらしかった。私ごときに意見をいわれたことが不愉快だったのかもしれない。絢花はもう口をきいてくれず、それでも傘からは出ていかずに、ただ黙々と大雨の道を歩いた。靴も靴下も、制服のスカートもずぶ濡れでなまぐさい匂いを放っていた。私は相槌さえ打っていればいい。意見なんて求められていない。

私、お客さんになりたいくらいだよ。

あのときの自分の言葉を、今、かみしめている。私は今日、晴れてお客さんになることができた。お客さんになりたいと願ったからではなくて、名づけなかったからではないか。私は、あの額を見たくて、でもその前に犯人と出会わなくてはならなくて、その前には先生に出会う必要があり、その前にはヘルパーとして働きはじめていて、そのもっと前には就職した会社が倒産していて。どこまで遡(さかのぼ)れば、お客さんの元に出会えるのだろう。初めからお客さんを望んでいたなら採らなかっただろう選択肢をくぐり、想像もつかなかったような立場のお客さんとして、今こうして紅茶を飲んでいる。

「この歳(とし)になると、名前をつけるのも大変です。分けようのないことや、分けてもしかたのないことのほうが多くなってきますからね」

先生の言葉がやわらかく耳に沁みる。いろんなことに名前をつけて分類し、整理整頓してできるだけ堆(うずたか)く積み重ねていく訓練をするところが学校だろう。その機関の手先が「先生」と呼ばれる人たちではなかったか。この家の先生はずいぶん様子が違うけれど。

「あのさぁ」

見ると、あの人が仕事場の入り口から母屋のほうへ顔だけ覗かせていた。

「もし暇なんなら、手伝ってくんないかな」

私？　私にいっているのだろうか。おそるおそる先生を見ると、すました顔で紅茶を飲んでいる。やっぱり、私にいっているらしい。

「はいっ」

驚いたのか、勢いづいたのか、やけに凛々しい声が出た。

「先生、ちょっとお手伝いしてまいりますね」

そう挨拶する声が弾んでいるのが自分でもわかる。こんなふうに、声が、胸が、弾むようなことが私にもあったのだ。ずっと前にもあったような気がするし、初めてのような気もした。

これはチャンスだ、とわかって飛びつくチャンスには、ろくなものがないと思う。やあやあどうもどうもだなんてチャンスが向こうからへりくだってやってきたりするだろうか。

それでも、今、チャンスの匂いがする。いろんなことが動き出すのをこの肌で感じている。

母屋から三段だけの階段を下りる。あの人が作業台のそばにいる。手に額を持っている。近づいていく私を振り返り、額をこちらに向けてみせた。

「もう一回、見てよ。どう？」

「美しいと思います」

美しいという言葉は私の中にないと思っていた。分ける言葉、比べる言葉のように感じていた。でも、そうじゃないみたいだ。エラ・フィッツジェラルドは美しいし、「サマータイム」は美しいし、額装されたジャケットの佇まいも美しい。

「だけど、音楽は聞こえない、そうなんだね？」

あの人の質問にうなずく。

「いいんだよ。ほんとうのことをいえばいいんだ。マジックじゃないんだからさ、この額を見たら必ず音楽が流れるとか、思い出が浮かぶとか、そんなわけないんだ。あなたが見たものと、俺に見えたものもたぶん違う。違ってあたりまえだよ、これまで見てきたものが違うんだから」

あの人は手に持っていた額を静かに作業台の上に戻した。

「俺に何ができるかっていうと、はっとさせることだけなんじゃないかと思う。どんなところを歩いて何を見てきた人でも、額を見てはっとするように。そこからはそれぞれが勝手に何かを引っ張り出してくれるだろうから」

私は作業台の上の額を両手で持って、目の高さまで持ち上げる。額は無機質で黒かった。黒い縁取りの、遺影のようなレコードジャケットはたしかに私をはっとさせ、思い出すこともなかった光景を呼びさましてくれた。弔った、のだろうか。私の中の顧みられることのない体験のいくつかを正しい場所へ収め直したような感じがあった。

「それでまあ、あなたに手伝ってもらえたらと思うんだけど、空いてる時間を教えてもらえる？」

「今、空いています」

「うん、もう少し長期的に。どうしても人手が足りないんだ。人の目や耳が足りないっていうか――いや、あなたの目や耳だ。あなたの目と耳を貸してほしいんだ。決まった曜日の決まった時間に仕事として入ってもらえるとありがたいんだけど」

耳元で、シンバルを横向きにしたドラムセットが鳴っていた。ちゃんすー、ちゃんすー、ちゃんすー、ちゃんすー。

これはチャンスだ。わかって飛びつくチャンスもあるのだ。私はここで、この人や先生のそばで、額縁の向こうを覗き込んでいくことができる。身震いが出るほど、んーんーだ。名づけるのはよそう、願ったり期待したりするのはやめよう。でも、ほんとうに、んーんーだ。思わず笑みがこぼれるくらい、歌い出したいくらい、んーんーだった。んーんーが変なら、あんころもちのあんころだ。今日は、とってもあんころ。なんでもない名前で呼んで、明日には変えて、そうやってこの感情を特別なものにしないようにする。

「午後ならいつでも空いています。いつでも来ます」

高校の頃のことも、中学校や小学校の思い出と呼ばれるようなものも、よく煮溶かさなかった寒天みたいな半透明の塊の下のほうに沈んでいて、もう取り出すこともないと思っていた。忘れたのではなく、初めから記憶していないつもりだった。でも、覚えていないはずのことを覚えていて、感じていなかったはずの気持ちがぷくぷくと浮かび上がる。少し離れた場所から、あの頃の自分が歩いていくのを見守っているような感じがしている。転んでも、痛くない。倒されても、傷つかない。なぜなら、そのときそのときの私は痛くなかったし、傷つかなかった。それを今さら台無しにしたくない。あのとき何かを願わなくてよかった。きっと今ここにあるあんころとは今のかたちでは出会えず、これからそばにいることもできなかっただろう。

「それはよかった」

あの人が笑う。

「大した金額は出せないけど、よろしく頼みます」

「こちらこそ、よろしくお願いします」

あの人は私の枝みたいな手を取って握手してくれた。十九の手とは思えない、小さくて細い手だ。十二歳だといっても信じてもらえるだろう。でも、十九歳だ。十二歳の頃の私に教えてやりたい。名前をつけなくても、大きな望みを持たなくても、十九歳で出会えるよ。

またひとつ思い出した。高校生の頃、十九歳も二十歳も憎まれていたのだ。はたちという響きからして嫌いだといったのは、絢花だったと思う。

「はたちなんて、おしまいだよね。なんか、おばさんって感じ」

うん、とうなずいたのだったか、いつものように聞こえないふりをしてそっぽを向いたのだったか。

ほんとうは、二十歳がおばさんじゃないことを私は知っている。高校生だったあの頃だって知っていた。だって、ある日急におばさんになるなんてこと、ないと思う。たかだか二年や三年でおばさんになるなら、高校生の頃からもうほとんどおばさんだったってことだ。私は絢花の隣でぼんやりと自分の手を眺めたのを覚えている。白樺のようだった手。何ひとつつかんでこなかった私の手。おばさんの手じゃない。おばさんの手だったらもっと力強くて、いいものを見つけたらぎゅっとつかんで離さないだろう。

「とりあえず、これをお客さんに届けに行ってくるから、今日はもういいよ。明日っから、頼みます」

あの人は作業台の額縁を手に取り、これから梱包するらしい。

「もう一度だけ、見せてください」

墨黒の木枠の中で、エラ・フィッツジェラルドが笑っている。その向こうに、かすかに陽が射し、音楽と笑い声が聞こえたような気が、した。

店を出て硝子戸を閉めるとすぐ脇のところに男の人が屈んでいた。私の自転車のタイヤを触っていたように見えたけれど、物音に気づいたらしく、ぱっと振り返った。こちらを見上げている顔は、男の人というよりまだ男の子に近かった。

「このタイヤ、空気抜けてるよ」

彼は両手を払いながら立ち上がった。

「ありがとう」

家へ帰ったら空気を入れよう。会釈をして、自転車の反対側へまわり、鍵を開けようとしたら、その子が声をかけてきた。

「もしかして、佐古さんじゃない？」

いかにも、私は佐古だ。しかし、相手に見覚えはなかった。

「じゃあ、これはあの自転車？　へえ、まだ乗ってるんだ」

あのといわれる覚えがない。親しげにロドリゲスの黄緑色の背中を撫でるが、気安く触らないでほしかった。

「なんだっけ、ジャーメス？　なんかそんな名前ついてたよね」

「……ロドリゲス」

車体の泥よけに油性マジックで書いた名前は年月を経てもうほとんど読み取れない。

「ああ、ああ」

男の子はうれしそうに微笑んだ。

「そうだった、なんだかそんなきれいな名前だった」

　あら、と私は思った。この人、案外いい人かもしれない。昔、母に名前を教えたら、最後のゲスがいけないなどといったのだ。それなのにこの子はきれいな名前だといってくれた。

「ちょっと男みたいな名前だけど」

　謙遜(けんそん)してみたら、

「いい名前だよ。肝はリゲだね」

　というのでびっくりした。そう、そうなのだ。思わず向き直った。リゲには流れるような麗しさがある。リゲリゲリゲリゲ、と繰り返しているとそれだけでうっとりする。そこのところをわかってくれる人がいたなんて。

「で、佐古さんはなんでこんなとこにいるの？」

「えーと、お茶を飲みに来たの」

　男の子はまじめな顔で私を見た。

「それ、何かの冗談？　ここって、じいさんとおっさんしかいないだろ」

　それから顔を大きく仰向けて、灰色の空を見上げた。顎(あご)の線がきれいだった。この人はここで何をしているんだろうと思ったけれど、聞くほど興味があったわけではない。そもそも、この人は誰だったろう。私の名前と、ロドリゲスまで知っているということは、どこかで接触のあった人なんだろうとは思う。

「西中だよね」

不意にその人が聞いた。

「あ、うん、西中だった」

「三年のとき、何組？」

さて、何組だったか。中学の頃のことなんてぜんぜん思い出せなかった。記憶の寒天はゆらりともしない。「クラスの友達」や「クラスの先生」だって当時からうろ覚えだった。何年か前のこの人の顔がそのどこかに紛れていたとしても、絶対に思い出せない自信があった。

「まあ、いいか。何組でも、君がここで何をしていたとしても」

その人は自転車に視線を落とし、サドルを一、二度撫でた。

「また会えるとはなあ。そうか、おまえ佐古ドロリゲスっていうのか」

「あの、ロドリゲス。ロドリゲスだから」

その人はちょっと驚いたみたいに私の顔を見て、

「なんで？」

といった。

「なんでドロリゲスじゃないの？　ドロリなゲスだから感動があるんじゃないの。ロド……ロドリゲスじゃ意味わかんないじゃない」

「意味なんてないんです。ただの名前なんです」

そういって、私はロドリゲスのスタンドを払った。会釈をし、ロドリゲスを押して歩きはじめる。

動揺していた。たしかに、ドロリゲスという名前もよかった。どうして迷いさえしなかったんだろう。最初からロドだと決めていたのだろう。

それから、首を大きく横に振った。ロドリゲスだ。私のロドリゲス。人のつけた名前に文句をいうなんて失礼だ。

少し行ってからひそかに振り返ったら、その人は先生の家に――あの人の店に――入っていくところだった。

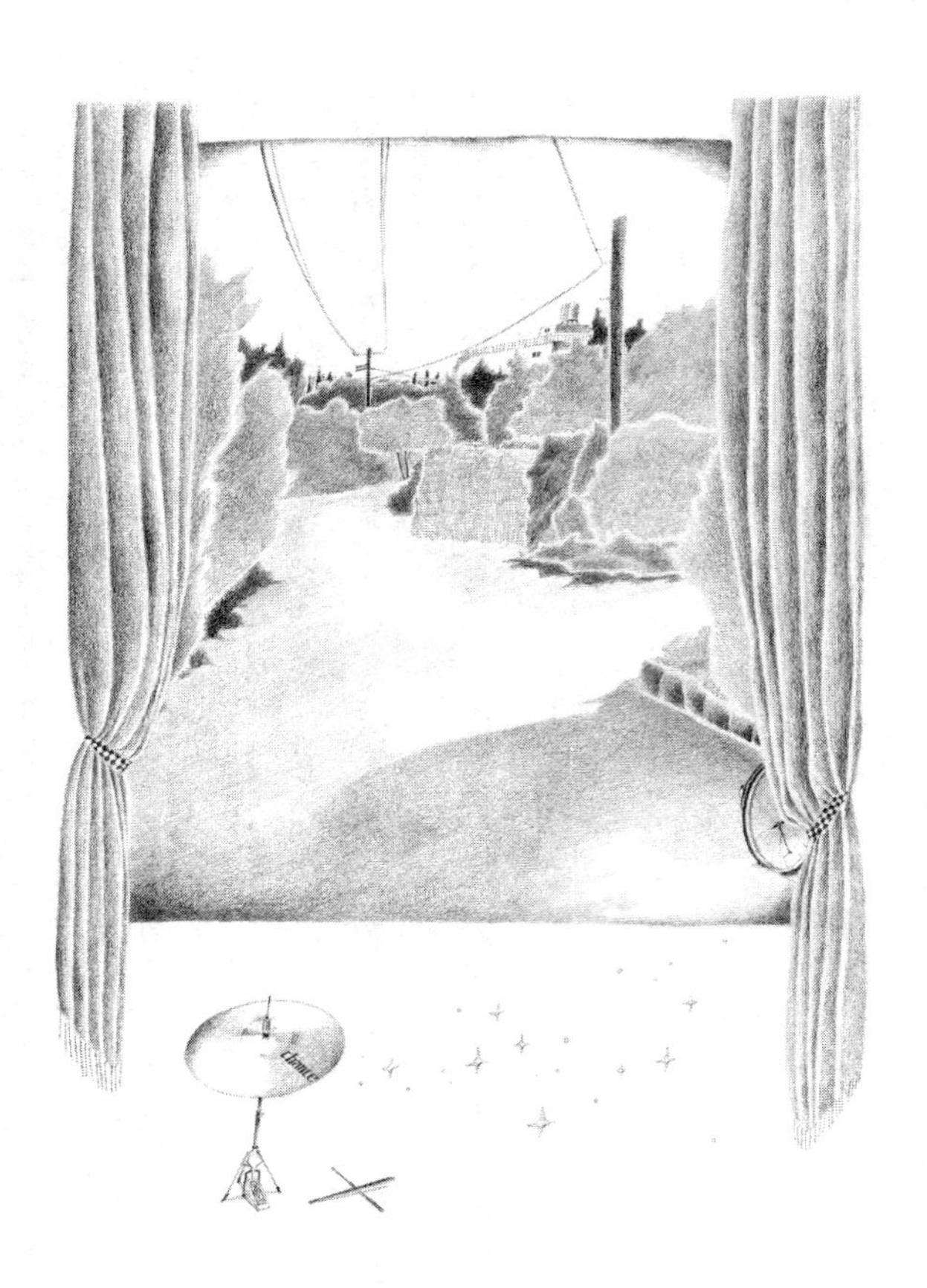

朝、目を覚ますと鼻の先が冷たかった。部屋の中は夕方のようで、強い雨の降る音が団地の底のほうから響いてくる。蒲団(ふとん)から出ている顔が、なんだかいつもより湿っぽい。部屋を満たす空気の粒が、窓硝子(まどガラス)を通して入り込んでくる水の粒をしんなり抱えて下りてきている感じがする。雨音を縫って規則正しく聞こえてくる母の寝息を乱さぬよう、私はそっと蒲団を抜け出した。

空気の澄み具合が変わった。雨のせいだけではないだろう。いろいろなものの輪郭がぴんと際立っている。明るいときは明るく、暗いときはより暗く、明暗がはっきりしてきた感触がある。遠近感も変わった。遠くのものと近くのものが、これまでは一緒くたに見えていた。どれものっぺらぼうだった。

昨夜は気づかなかった。眠っているうちに変わったのだろうか。この部屋、こんなに空気が透きとおっていたか。壁のカレンダーも、天井の節目も、何もかもこんなにくっきり見えたものだったか。

薬缶(やかん)に水を汲(く)んで、火にかける。コンロのつまみを捻(ひね)った手を、目の前で開いてみる。やっぱりだ。薄くて頼りないようだった手相の線がぐいぐい走っている。生命線、運命線、頭脳線、感情線。どれが何線だかさっぱりわかりはしないのだけれど。

思っていたよりも事細かに、あの人は額装についての諸々を教えてくれた。

薄暗い作業場で、預かった絵や書や写真を見るときだけ硝子窓の自然光が入るところへ移動する。蛍光灯と白熱灯、それぞれの下で色や質感を検分し、やがて作業台に戻ってくると、手を動かしながら訥々と話した。

額装するものによって額縁の体裁が変わること、素材とマットと額縁の適切なサイズ、色の合わせ方、お客さんの希望をどう取り入れるか、などなど、基本的な知識から一度聞いただけではわからないような部分まで折に触れて説明してくれた。

なんとなく申し訳ないような気分だった。ちょっと手伝ってといわれたのだ。手伝いだけの私に惜しげもなく知識を手渡してくれるというのは、どういう考えなんだろう。仕事で必要だといってしまえばそれまでだけど、これまでひとりでまわしてきた仕事のコツを私みたいなお手伝いに分け与える。頭に浮かぶのは秘境の温泉だった。湧いてくるものをただただ放出している。白い湯にのほほんと浸かっているのは湯治の客ではなく、山から下りてきた猿だ。猿に小判だ。キッキ、ウキッキ、ウッキッキー!

店は意外にもひっそりと繁盛しているらしかった。額装を依頼に訪れる個人のお客さんの他に、写真や絵画教室の先生が生徒の分をまとめて注文しにくることもある。どのお客さんもあの人に額装してもらいたいものを大事そうに抱えてやってくる。丁寧に梱包を解いて中から現れるものを、お客さんもあの人も大切に扱っているのがよくわかる。それは何も、高価な絵だから、貴重な写真だから、という理由からだけではない。誰かの大事なものを別の誰かが大事に思う気持ちは、びょんびょん空気を震わせて伝わってくる。私の中の乾いていた糸が潤って太っていく感じがした。

市の美術館からかかってきた電話を受けたのは私だった。展覧会の額装を一括して頼みたいといわれ、戸惑った。私はこれまでに一度も美術館に行ったことがない。ただ、絵がたくさん飾ってあるところだというのはもちろん知っている。取り次いだ電話をあの人が切ったのを見計らって、おそるおそる私は尋ねた。

「もしかして、私、辞めたほうがいいんじゃないでしょうか」

「なんで？」

あの人はちらりと私を見た。

「私ひとり手伝うくらいじゃぜんぜん手が足りないと思います」

「だったら余計辞めちゃ困るじゃないか」

「もっと働きのいい助っ人を頼むことをお勧めしたいです」

金属でできた長い定規を作業台の上に滑らせる。漫画のポスターのサイズを測っているらしい。

「展覧会の仕事が特別に大変ってわけでもないんだよ」

話しながら、ポスターに合わせるピンクのマットにあたりをつけている。

「まあ、搬入とかね、力仕事のときは誰かに頼むこともあるかもな。でもあなたが心配することはない」

「むしろ力仕事なら私がやりますから」

私の申し出に、ちょっと目を上げてあの人は笑った。

「俺がいいっていってんだから、いいんだよ」

温泉の猿はキャッキャッと鳴いて飛びまわるかわりに、胸の内であんころをころころ転がしながら、早く仕事を覚えてほんとうに手伝いができるようになりたいと思った。


今朝は個人のお客さんから、額装がイメージに合わなかったと電話があった。驚いて、受け答えに冷静さを欠いたかもしれない。額装は素晴らしかった。とすると、素晴らしくなかったのはお客さんのイメージのほうだ。しかし、そうはっきりとはいいにくかった。

「なな何をおっしゃいますやら」

やんわりと憤慨したのは先方には伝わらなかったようだ。やりなおしてもらえないだろうかといわれ、あの人は気軽に請け負った。

その電話があってしばらくしてからだ。あの人は私に聞いた。

「つくも、って何」

「あ、すみません」

知らない間に声に出ていたらしい。ほんとうは心の中だけで唱えているつもりだった。つくも。まったくつくもだ。昨日、介護ヘルパーとして派遣されていた家から担当替えの要請があったと知らされたときよりも、つくも感は強かった。

「九十九と書いて『つくも』と読むんだそうです」

「えっ」

ほら、驚いた。誰だって驚くだろう。初めて聞いたときは私も衝撃を受けた。火曜と木曜の午後に派遣されていた家の九十九歳のおばあさんが教えてくれたのだ。

「つ、く、も」

一文字ずつ確認するように読み上げて、私は首を捻った。九十九で「つく」はまだわかる。字面からして突くような雰囲気が漂っているから。しかし、「も」は何だ。どこをどう取ったら、もさもさの「も」が出てくるのか。

いろんなことを誰かが決めている。算数の式では、足し算と引き算よりも掛け算と割り算を先にやる。加減乗除の法則を知ったときのあの驚き。英語で、haveは「持っている」なのにtoをつけると「しなければならない」に変わると教えられたときもうろたえた。世の中は後出しジャンケンに満ちている。

きっとつくももその多くの中のひとつなのだろう。到底信じられない気分だったけれど、考えてみれば佐古と書いて「さこ」と読むのだって、どうしてそう読むのかと聞かれれば答えられない。そう決まっているからそうなのだ。誰かがそう決めたからそう、それまでのことだ。いくつもとつくもは似ているし、という理由で自分を納得させることにした。

つくも、つくも、と唱えるのは、誰かがそう決めたからそうなのだと自分にいい聞かせる作業だ。あきらめのため息によく似ていると思う。

私には人より足りないものが多すぎて、だから人よりあきらめなきゃならないことが多いんだろう。have to つくも。つくもだらけの弱っちい私は、しかしそれでつらいとも悲しいとも思わない。つくもに囲まれても手の届く範囲だけで生きていけばいい。

私はつくもでいい。だけど、あの人は違う。つくもから遠いところで、誰にも規定されずに、美しいものをどんどん額装していってほしい。

「つくもだろ、知ってるよ。それがどうかしたの」

あの人の言葉で我に返った。

「え」

知っているんだ。

目の前のこの人が、つくもを知っている。それは、九十九の読み方を知っているということか、つくも感を知っているという意味なのか、答はすぐにわかりそうだったのに、脳みその中がごちゃごちゃになってスパークした。

キュウケイ、といわれたとき、専門用語だと思ってしまった。Q型。それは球形とも違う、どこかに穴を開ける、丸い型。それに合わせて窓をつくるのだろう。額縁の向こう側を覗けるような窓を。

あの人の額装には窓がある。部屋に飾ったときに、その額縁から風が通るような、光が射し込むような、未来へも過去へも通じているような、窓だ。

「どうした？　上がってお茶でも飲まない？」

そういわれて、あ、と思う。

「休憩ですか！」

「びっくりするようなことでもないでしょう」

それから、あの人は壁の時計を見上げて、ああもうこんな時間か、とつぶやいた。

「ごめん、やっぱり今日はこれで解散にしよう」

「解散ですか！」

「だから、びっくりするようなことでもないでしょう」

淡々とした口調に安堵する。解散というから解雇を思い出してしまった。

「俺、これから美術館行ってくるから。展示室見てこないとな。じゃ、お疲れさん」

あの人は紺色の前掛けを外すとくるくると丸めて作業台の脇の丸椅子に置き、壁のフックに掛けてあるジャンパーを羽織って、あっというまに出ていってしまった。あの姿でここを離れて人波に紛れれば、もう犯人にしか見えないだろう。

帰る前に挨拶だけしようと母屋のほうへ顔を出すと、先生は台所の流しの前でこちらに背を向けて立っていた。

「先生、今日はこれで失礼します」

声をかけると、振り向いた先生は歯ブラシをくわえていた。私を見て穏やかに微笑み、軽く会釈をしてまた流しのほうを向いてしまった。

その後ろ姿がなんとなく不自然な気がしてしばらく見ていた。いつもきちんとしている先生が流しで歯を磨くのは、お湯が出るからだと思う。掃除をしていて気づいたのだけど、この古い家の洗面所には水の蛇口しか付いていない。きっとこの季節には冷たい水が歯に沁みるのだろう。

そう思ってはみても、何かがおかしいような印象が拭えない。

すると、突然先生が激しく歯を磨き出した。勢いよく右手を動かして、さぞ水しぶきが飛ぶだろう、歯茎が傷むだろう、と心配になるような磨き方だった。さっきまで手を止めていたのは、疲れたから休んでいたのだろうか。

まもなく先生は手を止め、給湯器からコップにお湯を汲み、さっとうがいをして歯磨きを締めくくった。

「おや、まだいらしたんですね」

右手に歯ブラシを持ったままタオルで口元を拭いながら、先生は私に笑いかけた。

「先生、もしかして右手の調子があまりよくないのでしょうか」

「いいえ」

不思議そうな顔をしている。

「どうしてですか。ほら、このとおり、右手は絶好調です。今、華麗に歯を磨いていたでしょう」

「ええ、でもその歯磨きの途中で、しばらく手を止めていらしたように見えたものですから」

「ああ、あれはですね」

先生は私が突っ立っているほうへゆっくりと歩いてきた。

「作戦ですよ」

「はい？」

先生は右手の人差し指を口の前に立てて、まじめな顔になった。し、の合図だろうか。

「聞かれては困ります。小さな声でお願いします」

思わず振り返って薄暗い店内を見た。大きな作業台の上はきれいに片づけられ、壁にはたくさんの額が掛かっている。

誰もいなかった。誰に聞かれては困るといっているのだろう。疑問に思ったけれど、し、といわれては黙るしかない。

「ああやって手を止めて、油断させるのです」

「はい？」

こういうとき、自分の間抜けさがつくづく悔しい。間の抜けていない人は先生の言葉をつなぎ合わせて正しい回答にたどりつくことができるのだと思う。でも、私には話が見えなかった。

「あのう、誰を油断させるのですか。誰が聞いているのでしょうか」

先生は少し背中を丸めるようにし、声をひそめた。

「む、し、ば、き、ん」

「ああ」

私も小さな声になった。

「虫歯菌ですね」

「そうです。ああして虫歯菌をやっつけているのです」

先生は背筋を伸ばし、胸を張った。

「歯磨きの途中でいったん手を止めるのは、彼らを油断させるためです。手が止まった時点で歯磨きが終わったのかと安心させ、歯と歯茎の隙間から顔を出したところを一気に叩(たた)くのです」

一気に叩くというのがあの激しいブラッシングのことらしい。私は正直に答えた。

「虫歯菌が状況を判断しているとは今まで考えたこともありませんでした」

「佐古さん、虫歯菌は菌です。菌というくらいですから生きていて、しぶとくて、頭もまわるのです。私も何度裏をかかれたことか」

先生は私の顔を正面から見据えて尋ねた。

「佐古さんには虫歯はありますか」

私はあわてて首を横に振った。先生は満足そうにうなずき、

「ここの勝負です」

と、自分の頭を長い人差し指でトントンと指してみせた。

「じゃ、じゃあ、私はいずれ負けることになると思います」

虫歯菌に。頭のよさで。自分でいっておきながら気持ちが萎(しお)れそうだ。

「だいじょうぶ、佐古さんが負けるわけがありません」

先生は微笑んだ。

と口の開き方を思い出すことができた。

一回、二回、三回。ゆっくりと三回瞬きをする間、私は黙っていた。それからやっと口の開き方を思い出すことができた。

「ご冗談を」

冗談にしては笑えない。私の脳みそは育たなかったのだ。もともと小さく生まれたのに保育器にも入れてもらえなかった。養分が行き渡らなかったカサカサの枝みたいな身体と頭。それを大事に抱えて私は生きてきた。頭がいいはずはなく、むしろ頭がいいなどといわれるのは心外だった。

「いいえ、あなたは私が教えたたくさんの生徒たちの中でも、二十本の指に入るくらい頭のいい人です」

「へえ」

後ろから声がして、ぎょっとして振り返る。いつからいたのだろう、背の高い男の子が立っていた。人の顔と名前を覚えるのが苦手な私でもわかる。こないだ店の前で会った。私の自転車を覚えていてくれた人だ。

「この人、頭いいんだ」

彼の声を聞いた途端、小さな虫歯が疼き出したような感じがした。痛いというほどではないけれど、神経にぴりぴり障る響きだった。鼓膜が鈍く震えた。嘲っている。この人、か、頭いいんだ、か。どちらかに含まれた嘲りが鈍痛を引き起こしている。

「ええ、非常に聡明な女性です」

先生はびくともせずに答えた。

「へえ、そりゃよかった」

わかった。嘲りは私ではなく、先生へ向けられていた。私を使って先生を貶めようとしている。気まずいというより、恥ずかしさと申し訳なさとで居たたまれなかった。

普段ならここらへんで私はそっとあらぬほうを見る。そもそも私は耳が悪い。何も聞こえていませんというふりをするのがいちばん手っ取り早かった。

さらに積極的に場を和らげたい場合は、まったく関係のないものの名前、たとえばおいしいおやつの名前をつぶやくのも効果があった。ハニーミルクカステラ、といってみたら険悪な口論を始めそうだった路美ちゃんと誰だったかが同時に振り向いて、えっ、と笑顔になったので雰囲気が一変した。きなこかりんとう、とつぶやいたときは、しかし、誰も気に留めてくれず、事態は悪化した。

そういえば、もっと幼い頃は、わざとおもらしをしたこともある。私の耳はひとつひとつの言葉を拾わない分、空気が重くなると気圧が三半規管を圧迫した。耳鳴りと息苦しさに押し潰されそうだった。学校の教室で、放課後の帰り道で、何度もおもらしをして場の空気を変えてきた。きったねぇ、佐古のばかぁ、と囃し立てられる間に場の空気は変わった。パンツが濡れて気持ち悪くても、私はそれで満足だった。やがて慣れられて、決死の覚悟でおもらしをしても誰も騒がなくなってしまうまでは。

今、ここでおもらしができたら、と思う。きっとこのふたりは粗相をする女に慣れていないだろう。驚きあわて、事後処理に躍起になり、意地悪な雰囲気など霧散するに違いない。

「……プリンアラモード」

でも、私にできたのは、おやつの名前をつぶやいてみることだけだった。

その場が、しんとなった。

「……あげぱん」

ふたりとも、こちらを見ている。

「……し、白くまアイスバー」

「あんた、何いってんの」

先に口を開いたのは男の子だ。それに引き換え、先生はさすがだ。

「さ、ふたりともお上がりなさい。お茶でも淹れましょう」

普段と変わらぬ調子でいって、台所のほうへ取って返した。その後ろ姿を見てから男の子のほうへ目を遣ると、

「あれ、誰かと思えば、佐古さんじゃない」

急に親しげな口調で話しかけてきた。

「自転車がなかったから気づかなかったよ。ドロリゲス、元気？」

「おかげさまで変わりなく。でも、ロドリゲスです」

「ああ、そうだった」

さして気にするふうもなく、男の子は私に家に上がるよう手で促した。

「待って」

失礼だ。先生に対してあんな失礼な態度をとったくせにお茶を飲みに上がるなんて、ちょっと信じられない。

「先生に謝って」

男の子はきょとんとした顔で、

「なんで？　お茶飲もう？　じいちゃんのお茶、おいしいよ」

そういうと、自分から先に母屋に上がっていった。

台所では先生が薬缶にお湯を沸かしていた。手伝おうとそばに寄ると、先生はティーポットの蓋を開け、

「沸いたらまずポットとカップを温めてくださいね」

穏やかな声で指示してくれる。

「はい」

この前見ていたから私にもわかる。ポットにもカップにも沸きたてのお湯を注ぎ、ゆっくりとまわしてからお湯を捨てる。

「先生、あの子」

こっそり振り返ると、男の子は椅子にすわって新聞を読んでいた。

「誰なんですか」

先生も一緒に振り返り、声をひそめた。

「ああ、あの子。誰なんでしょうねえ」

そうして、ふふふと笑った。

紅茶の葉っぱを三人分、それにおかわりの分を足し、ポットの分を足し、結局スプーンに七杯、山盛りにして入れる。

「隼」

先生が男の子を呼んだ。

「お菓子があるから、カップと一緒に運びなさい」

そうして私には、

「ポットだけお願いしますね。重いから気をつけて」

自分は不自由な左足をちょっと引きずるようにしてテーブルへ着いた。薬缶のお湯をポットにたっぷり注ぎ、すぐに着ぐるみを着せ、テーブルへ運ぶ。

「先生、このダンシングが大事なんですよね」

　葉っぱが踊るように上下するというダンシング。

　ふと顔を上げると、隼と呼ばれた男の子が頬杖(ほおづえ)をついたままおかしそうにこちらを見ている。

「あのさ、それ俺でも知ってる。ジャンピングだよ」

「え、何が」

「だからさ、紅茶の葉がポットの中でジャンプするんだよ、ジャンピング」

　こういうときに笑ったりしてはいけないだろう。さりげなく間違いを知らせてあげるのが思いやりというものだ。

「でも、ほんとにダンシングなんだって。私も習ったばっかり。ダンシングのダの字も知らなかった」

　隼は私の精いっぱいの思いやりを無視した。

「どこで習ったんだよ、いい加減な紅茶教室とか今はけっこうあるみたいだからな。けど、いくらなんでもダンシングはないだろうよ」

　この口調、ちょっとあの人と似ている、と思った。手元の砂時計の砂がちょうど下に落ち切ったところだった。

「さあ、紅茶の葉っぱが開きましたよ。楽しみですね、いつもこの瞬間は」

先生は綿のカバーを外し、蓋を開け、スプーンでポットの中をくるりと混ぜた。

「欲張りましたね、佐古さん」

葉っぱもお湯もポットの口いっぱい入っている。

「ダンシングでもジャンピングでも好きなように呼べばいいんです。ただ、一般的に英国人はジャンピングと呼ぶようですね」

穏やかな声でいいながら、先生が三つのカップに紅茶を上手に注ぎ分ける。

私は口を半分開けたまま、カップの紅いお茶を見、先生の顔を見、それから隼の顔を見た。隼は最初、勝ち誇ったような表情を浮かべていたけれど、私と目が合うと笑みが消えた。

何か、何かが、おかしかった。

「さあ、いただきましょう。どうしたんですか、ふたりとも」

先生は明るい口調でカップの柄を持った。

「これまで佐古さんには頑としてお茶を断られてきました。うちで一緒にお茶を楽しめる、記念すべき日です」

少々おどけたような大げさな口調でそういうと、先生はカップを持ち上げた。隼も一緒にちょっとカップを持ち上げ、乾杯みたいな仕草をした。

だけど私は持ち上げることができなかった。ここで紅茶を飲むのは初めてではない。

カップがお皿にぶつかってカチカチ細かく鳴らす音が聞こえた。

帰り道は途中まで一緒だからと隼がいい、それなら送っていってあげなさいと先生が口を添え、私たちは傘をさして並んで歩いた。

「俺、孫なんだけどさ。とっくにあの家出てるから」

怒っているみたいな、なさけないみたいないい方だった。わかる。うまくいえないだけだ。ほんとうは、「俺、とっくにあの家出てるけど、孫だから」といいたかったのだと思う。

「俺さ、誰かが誰かのことを頭がいいとかいうの大嫌いなんだ」

「うん」

いきなり先生に対して悪態をついたことの言い訳だろう。共感でも反感でもない、ただの相槌を打つしかない。それだけなら私の得意分野だ。

「頭がいいってなんだよ、なあ」

なんだろう。少なくとも私は自分に縁のない言葉だと思ってきたから、頭の良し悪しをちゃんと考えたことなどなかった。

雨は小降りになっていた。そのかわり、来るときより冷え込んできている。傘を持つ手が冷たかった。

「背が高いね」

隼は黒い傘の下から私を見下ろした。

「母親に似たから」

たしかに、あの人は中肉中背だ。

「あのさ、それと同じなんじゃない」

「何が」

「頭がいいねっていうのも、背が高いねっていうのも、細いねっていうのも」

隼の目が大きく見開かれ、それからすっと細くなった。

「背が高いのも、細いのも、見りゃわかる。頭がいいかどうかは見る人の基準だ」

「でも、高いのも細いのも頭がいいのも、言葉ではひとつだけど、中身は人それぞれなんじゃないかなあ」

おんなじことをいっているようでも中身がぜんぜん違っていることってある。そういうことばっかりだといっても差し支えないくらいだ。きっと私の言葉も私の思うようにはこの人に伝わらないだろう。

「あのね、たとえば細いってひとことでいっても、ほんとはいろんな細いがあるよね。見ればわかる細さと、見てもわかんない細さと。ううん、細く見えてもそれが本来の姿だったら細いも太いもないでしょう」

説明すればするほど、真ん中から遠ざかっていくような気がした。

「うん」

隼は傘の中でまっすぐ前を見ている。声が傘に跳ね返り、雨に溶け、それでもよろよろと私のところへ届いた。

「俺はずっと頭が悪いっていわれてきたからなあ」

「そう」

「僻(ひが)んでたな。じいちゃん、先生だったからさ、孫の俺の頭が悪いって悲しかったんだよ」

「うん」

悲しかったのは先生ではなく、この子なんだろう。

私にはそういう悲しみはない。うちは父も母も最初から私を規定していたのだと思う。保育器に入れなかった。大きく育てようとは思わなかったのだ。

「もっと細くて小(ち)っちゃくて、髪は立ってて銀色で、眉がこう薄ーく剃(そ)ってあって、いつも目を三角にしてて、そんで詰襟着せてみて」

「うん？」

「だから、そういう中坊を想像してみて。それが、あんたと同じ学校にいた頃の俺」

悪びれた様子もなく、淡々という。

「学校ふけようと思ったとき、自転車置き場にドロリゲスがいたんだ。悪いけど、借りた。すげえ乗り心地よかったし、三回くらい。いや、もうちょっと多かったかも」

「知らなかった」

「ごめん」

べつに悪いとも思っていないような声だったし、私もそれでよかった。それより、ロドリゲスの名前を覚えないことのほうが気になった。私たちはしばらく黙って歩いた。

「さて」

隼が何気なさそうにいって、立ち止まる。来た、と思う。いよいよだ。私も足を止めた。

「どう思う?」

「うん」

「専門家から見て」

「私は専門家じゃないよ、ただのヘルパー」

そういってから、なんだか逃げている感じがした。いろんなことがあやふやで曖昧なままでもいい。だけど、こういうときにヘルプするからヘルパーなんじゃないのか。

「先生は昔から虫歯菌と闘ってた?」

「何それ」

歯磨きをする先生の後ろ姿に何かが引っかかった。歯ブラシをくわえたままにしては長すぎる、間。それを咄嗟に虫歯菌との攻防の物語にしたのはさすがだと思う。

「ダンシングの話も」

「うん。あれ、じいちゃんが教えたんだね。しかもそのこと自体を覚えていなかった」

いろいろなものの輪郭がはっきりしてきたと思った、あれは今朝のことではなかったか。もう今はこんなにもぼやけて見える。ほんのちょっとの違和感から、先生の笑顔の焦点がずれはじめた。

「たぶん、本人も気づいてると思う」

こういうことに関して知恵も知識も豊富な人材がいるはずだ。加納さんに報告して、いちばんいい方法を考えよう。そう思っただけなのに、不意に涙がひと粒転がり落ちてびっくりした。

　額装は、特別にむずかしい仕事ではない。絵なら絵を、写真なら写真を引き立てる額を見つけて、マットを切る。それがすべてだ。

　ところが、とあの人はいう。明るい絵に明るい額を。あるいは明るい絵に暗めの額を。

「両方合っちゃうんだな、これが」

　そういって困ったような顔で笑う。困ったような顔をしていても、きっと困っていないのだと思う。では、どうすればいいのでしょうか、と私は聞かない。ただあの人の次の言葉を待っている。

「そういうときは、お客さんに聞くんだよ」

　あの人は、枝にとまったカッコウの絵を目の高さに上げてしばらく見ていたが、やがてそれを作業台の上に戻した。

「聞くしかないんだ」

　紺のとっくりのセーターには毛玉がいくつもくっついている。下は穿き古して色の褪せたジーンズで、その上からいつものように前掛けをつけている。この人が額装したものはすごいのに、この人自体はあんまりすごくなさそうに見える。そういえば、今までつけた黄緑色の自転車だとか、古い一枚のレコードだとか。
ていた。苺をつぶして練乳をかけてどろどろにしたものだとか、中古自転車屋さんで見
の十九年間にすごいなあと思ったものって最初はぜんぜんすごくなさそうな見かけをし

「あんたががんばってるのはわかる」

最近、あなたから一段格上げになった。つっけんどんなあんたではなく、版画を刷るときに使うバレンで藁半紙をぐるぐる擦るような音のあんただ。

「あんたは見たままの印象で額装するんじゃなく、その向こうにあるものを掬い取ろうとしてる。それはもちろん大事なことなんだが、別のものを汲み取ってしまう可能性もあるんだな。お客さんの求めているものとはまったく別の額装になる恐れがあるってことだ」

声は穏やかだったけれど、内容はそうでもない。依頼されたカッコウに合わせて私が選んだ額は失格だったらしい。

「額装ってのは、お客さんの気持ちを額に入れるってことだと俺は思ってる。俺らはただお客さんの代理で額装してるんだ」

あの人は私が選んだのとはまるで違う、金のモールディングにたくさん彫刻の施された華やかな額を持ってきて、絵に合わせてみせた。

「な？　これだって合うだろ」

「ああ、ほんとうです、よく合います」

そう答えながら、この絵を持って現れた年配の女性が着ていた朱色のコートを思い出していた。あの朱色とこの金はよく似合う。彼女ならたしかに華やかなものを好む気がした。

「でもまあ、俺もよくわからないんだよ、結局はお客さんの好みだからさ。だから、お客さんの話をよく聞くことが大事ってわけだ」

そういってから、ふと口を噤んだ。

「……だけどお客さんの言葉をうのみにしちゃいけないんだな」

「はい」

朱色のコート。かすかに香った甘い果物のような匂いと、張りのある声も思い出した。

「あんたは言葉をうのみにしないからいい」

「いえ」

なんと答えればいいのかわからない。うのみにしないからいいというのに、はいと肯定したら、やっぱりうのみにしているみたいだ。それに、私はうのみにしたくともできないのだ。聞こえないのだから。この耳に混じる雑音が私の邪魔をする。

ふんふんふん、とあの人が鼻歌を歌う。あ、なんだったかな、この歌。私も知っている。学校で習った歌だ。

少しずつ雑音が減ってきている感触はあった。こうして歌も聞き取れる。この家で話しているときは、言葉が情景の一部として自然に動いている。耳を澄ませて、聞こえる声を聞こう。だけど、うのみにはしないように。

「わかった、『夏はきぬ』ですね」

やっと思い出したら、あの人は「なつーは、き、ぬー」のところをハミングしながらうなずいた。

卯の花の、匂う垣根に
ほととぎす、早も来鳴きて
忍音もらす、夏はきぬ

作業台の向こうで円筒形のストーブがあかあかと燃えている。

「どうして今、夏の歌なんですか」

「いや、ほととぎすの絵だったからさ」

「えっ」

私はあわてて作業台の絵を確かめた。

「あのう、ほととぎすって虫ですよね」

「ん、その鳥がほととぎすだろ」

「ええっ」

　鳴かぬなら、のほととぎすが虫じゃなくて鳥だったなんて、しかもこんなにカッコウと似ていたなんて。

「ホトトギスとキリギリス、混同してるんじゃない、あんた」

　ありえる、かもしれない。それは大いにありえる。黙ってしまった私を横目に、あの人はほととぎすから話を戻した。

「お客さんはたいてい額装する絵のことは話すんだけど、部屋のことまでは話してくれないんだな」

「あの、部屋のことというのは」

「額縁って、中のもののためでもあるし、外のためのものでもあるんだ」

　こういうとき、困る。言葉は聞き取れているのに、意味が取れない。雑音は耳にじゃなくて脳みそに直接入るんだろうか。

「額縁の中と外ってこと。額装するのは絵のためでもあるけど、部屋に飾る以上は部屋のためのものでもあるわけだ。だから、どんな部屋のどこに掛けるのか知らないと」

　額縁は、つまり、縁だ。境界ってことだ。境界から中のためでもあって、外のためでもあって。

「絵を飾る人の、中と外ってことでしょうか。ほんとうの気持ちと、誰かに見せるための」

見せるための、少しだけすました顔。薫る思い。漏れる言葉。境界はあっても、中と外はつながっていて、行き来して、混じりあっている。

「や、そんなむずかしい話じゃない。中の絵に合わせて額装するより、外側に合わせたほうが、つまり部屋に合わせたり、依頼者に合わせたりするほうがよろこばれることが多いってことだ。どんな額がほしいのかってこと。この絵を額装したいのはどうしてなのかってこと。そこを聞き出さなきゃいけないんだな、言葉以外の、何かこう、もっと他のところから」

「遠まわりするということでしょうか」

「うーん、まあ近道じゃないかもな」

「ふうん、佐古さんの前だとそんなによくしゃべるんだ」

意地悪そうな声に振り返ると、いつのまにか隼が立っていた。たしか、前にも似たようなことがあった。先生と話していたら、やっぱり背後に隼がいたのだ。

「そんなに丁寧に説明してあげるんだ」

皮肉っぽい口調で投げやりにいいながら、私たちの脇をすり抜けて母屋のほうへ歩いていく。あの人は知らん顔をしていた。

卯の花の、匂う垣根に
　ほととぎす、早も来鳴きて

「卯の実って、どんなんでしょうね」

私の言葉にもあの人は知らぬ顔をしようとして、それから怪訝（けげん）そうにこちらを向いた。

「卯の……実？」

「卯の花っておからのことですよね。じゃあ卯の実はもしかしたら豆腐でしょうか」

「何の話」

「ええと、人の話をうのみにするなって」

　ぶほっとおかしな音を立ててあの人がむせる。

「うのみは卯の花の実じゃなくてへ」

　そのまま続けて、てへてへ目尻を下げて笑う。

「あの、うのみにしないほうがいいと思います、隼くんのいうことも」

　どうしたらいいかわからないんだと思うから。中学で不良をやって、今は家を出てて、そこに元同級生が来てお父さんやおじいちゃんと仲よくしていたら、ちょっとひねくれたりしてみたくなる気持ちもわかる。

「ああ、うん」

あの人はわかったようなわからないような声を出して、小刻みにうなずいた。それからやっぱりもう一度くつくつ笑った。

昔から、忍音もらす、の忍音ってなんだろうと思っていた。今、なんとなく想像ができる。忍び笑いのことなんじゃないか。まだ笑いを漏らしている人を前にして、忍音っていいものだなあと思う。

「Q型にしよう」

あの人が両手を後ろにまわし、紺の前掛けを外す。汚れるほど働くわけでもないのに形だけつけていた白いエプロンを私も外す。

「卯の花の匂う垣根に」

小さな声であの人が口ずさむ。

「ほととぎす早も来鳴きて」

もっと小さな声で一緒に歌う。階段の下であの人が脱いだサンダルの向きを直し、後から続いて母屋へ上がる。

忍音もらす、夏はきぬ

そうだ、その意見には賛成だ。夏は絹。冬は湯豆腐にすることも多いから、木綿のほうがいいだろうけど。

居間では何か書きものをしている先生の向かいに隼が所在なげにすわっていた。自分の家だったのだから堂々とすわっていればいいのに。

「ああ、私もその歌が大好きです」

先生がペンを置いて顔を上げた。

「卯の花って何だか知ってますか」

おから、と答える前に隼がうんざりした声で遮った。

「なんでそう何でも質問にしちゃうんだろ、先生ってのは」

「質問ならいいじゃありませんか。ひとりで答ばかりしゃべっているような人は、私ならお断りです」

先生は背中を丸めて肘をついている隼に対抗するみたいに胸を張った。

「あの歌の卯の花はウツギを指しているんです」

えっ、と私は声を上げた。

「ウツギ……おからじゃなかったんですか」

ふ、ふ、ふ、と先生も忍音を漏らした。

「おからのことじゃありません。空の木と書いてウツギです。細い枝の中が空っぽなんです。公園の生け垣なんかにもよく使われていますね」

「どんどん自分で答えてんじゃん」

肘をついたまま隼がつぶやく。

細い枝の中が空っぽの、空の木。ああ、白樺かと思っていたけれど、私はウツギだったのか。卯の花だったのか。

「ウツギっていうのは、それはそれは可憐な白い花をたくさん咲かせるんですよ」

いろんなことをよく知っている先生はまるでこれまで通りのように見えた。

ふわっと気持ちが宙に浮いて、そこでかろやかに踊っている。私は手を伸ばしてそれをつかまえ、元の場所に戻してやる。

感情に名前をつけちゃいけないという直感は正しかったと思う。どんなにごまかしても、いったん名づけてしまった感情は自分ですぐにそれと気づいてしまう。道の向こうから歩いてくるのを見つけて駆け寄っていくような、向こうもこちらを見つけて手を振ってにこにこしているような、そんな近しさが生まれてしまう。

ここに来れば、なぜだか言葉がよく聞き取れること、いろんな額装を間近に見ていられること、同じ歳の男の子と普通にしゃべれること、居間の棚にはたきをかけながらそこに詰め込まれたものを覗けること、お茶がおいしいこと、私が感想をいっても誰も怒らないこと、そしてサマータイム、夏は絹。

ここで起きるひとつひとつの事柄をまとめて丈夫な麻袋に入れ、口を紐でしっかり縛っておく。ときどき必要なときにちょっとその紐を緩めてやる。袋からいい匂いが立ち上る。目を閉じてそれをひょうっと吸い込む。

それだけでいい。この先は危険だ。防衛本能みたいなものがびりびり反応している。この匂いの名前を考えちゃいけない。今だけだから。今が過ぎたら消えていってしまうものの名前だから。

注意していたつもりだったのに、うっかり名づけてしまっていたのだと思う。たぶん、嬉々として。この家でこうしていることにラベルを貼りたくなって、その白いラベルについ名前を書き込んでしまう。呼ばれたらきっと、はあいと返事をする。そうやって、瓢簞に吸い込まれる運命なのだ。

「お茶、淹れますね」

我に返って台所へ向かう。先生はテーブルの上に開いていた紙をまとめて揃えながらいった。

「今日はおいしいおやつを用意してありますよ」

「わあ、ほんとうですか。楽しみです。ありがとうございます」

奥の台所へ入り、薬缶に水を汲んで火にかける。先生にとってウツギは知識だ。だから覚えている。でも、新しい情報であるはずのおやつのこともちゃんと覚えていたではないか。どきどきしながら戸棚から茶筒を出していると、隼がテーブルから立ち上がるのが見えた。

「じいちゃん、おやつどこ？　俺、取ってくる」

こちらへ来かけた隼の足が止まる。いたずらっぽい口調で先生がいったのだ。

「内緒です」

一瞬止まった隼の足がぎこちなく動き出す。

「いいよ、自分で見つけるから。まったくじいちゃんは昔からそうやってもったいぶってたよ」

文句をいいながら台所に入ってきて、おやつを探しはじめる。「昔から」といったのは先生への思いやりなのか、隼自身の願望なのか。昔から内緒にする人だったのだから、今おやつのありかを教えてくれなくても当然だよね、と確認したい気持ちがそこに横たわっているのがわかる。おやつを置いた場所を忘れてしまったのではないかとか、そもそもおやつはほんとうに準備してあるのかとか、隼の中で疑いがめまぐるしく揺れているのだろう。

戸棚の中や冷蔵庫や食器棚の上のほうまで開けて探していた隼に、私は声をかけられなかった。先生は椅子の背もたれ越しにこちらを見ていた。

「隼、人の言葉は素直に聞きなさい。内緒だといったでしょう、そんなところに隠してませんよ」

そうして、テーブルの上の黒い文箱の蓋を上げて、

「ほらね」

大事そうに取り出したのは、和紙に包まれた小さなお菓子だった。

「落雁です」

台所から先生のほうを振り返っていた隼の背中からほっと力が抜けるのが見て取れた。


長谷川式を隼に教えたのは私だ。

先生の様子を加納さんに話し、それなら一度受診をということになったのだけれど、先生を病院へ連れていくのは抵抗があった。そこでは先生が先生として扱われないかもしれない。それを思うと、どうしても気が進まなかったのだ。

長谷川式のことは、ヘルパーの勉強をしたときから知っていた。正しくは長谷川式簡易知能評価スケールという質問表みたいなものだ。医者ではなくとも使えるし、詳しい解説や診断のしかたもついている。それを試せば、だいたいのことはわかるらしい。

「じいちゃんの知能を評価するっていうのか」

隼はそのとき黙ってしまったが、しばらくすると気を取り直したらしい。自分がやってみると請けあってくれた。

でも、まさか、私やあの人がいるときにとは思わなかった。

落雁を食べてお茶を飲み終わると、隼はおもむろにメモを取り出した。

「じいちゃん、いくつか質問するから答えてくれる？」

何気なさそうなふりをして、声ががちがちに硬かった。一対一で向き合う勇気がなかったのかもしれない。

こういうの、駄目だ。評価される側がひとりなのに評価する側が複数いるというのはマナーに反している。しっかりしてほしい。孫のくせに、若くて背が高くて元不良のくせに、まったく不甲斐ない。

私は立ち上がって、薄い和紙でできた落雁の包み紙を集め、湯呑み四つと共にお盆に載せた。

「ごちそうさまでした」

台所へ運んでいって流しに置く。隼に腹を立てていた。水音を派手に立てて湯呑みを洗う。早く仕事に戻ろう。先生のためにこの場を離れよう。

しかし、洗って水切りかごに伏せた湯呑みを布巾で拭いているときに、隼がむせて咳き込んでいるのが聞こえた。

「じいちゃん、知ってるんだ」

四つの湯呑みを食器棚に片づけながらテーブルのほうを窺う。先生は心持ち顎を上げ得意気な笑みを浮かべているようだった。

「長谷川式くらい、私たちの間の常識ですよ」

　隼は黙って手元のメモを見ている。

「まず、あなたはいくつですか、とくる」

　あの人は椅子の背に身体を預け腕組みをして目を瞑っている。長谷川式というのが何なのか知らないのはあの人だけだった。

「それから、今日は何年何月何日何曜日ですか、とくる」

　私は湯呑みを仕舞い終わる。

「次に、今いるところはどこですか、とくる」

　先生は自分で出した問題に生真面目に答えた。

「地球です」

「何の話だよ」

　あの人が目を開け、身を起こして隼に聞く。隼が黙っているので先生のほうを見る。

「次は何でした？」

　先生は飄々としている。隼はメモに目を落とし、棒読みで読み上げた。

「これからいう三つの言葉をいってみてください。あとでまた聞きますのでよく覚えておいてください。桜、猫、電車」

「ふん」

「次、百から七を引いてください。そこからまた七を引いてください。さらにまた七を引いてください。次、私がこれからいう数字を逆からいってください。六、八、二。三、五、二、九」

あ、駄目だ。私、無理だ。

「次、先ほど覚えてもらった言葉をもう一度いってみてください」

桜？　熊？　ええと、あと、なんだっけ。

「次、これから五つの品物を見せます。それを隠しますので、何があったかいってください。次、知っている野菜の名前をできるだけ多くいってください。以上」

読み終えて隼はメモをぐしゃっと握った。

「そういうことか」

あの人が低い声でいうのが聞こえ、私はつい割って入った。

「あの、私、今のぜんぜん点数取れませんでした。たぶん、赤点だと思います」

先生は笑ってうなずいた。

「私は、長谷川式はけっこう好きです」

びっくりして先生を見た。

「最後にアフターケアのひとことがつくでしょう。孫からどんな言葉をかけてもらえるのか、楽しみにしています」

やっぱり、よくわかっているのだ。長谷川式をやり終えたら、最後に被験者にねぎらいの言葉をかけること。そう教えられている。

「じいちゃん、もしかして、受けたことあるの」

隼が聞くと先生はうなずいた。

「仲間とお互いに出題しあいますから。おかげで質問を覚えてしまって、早押しクイズみたいになる。ピンポン！　九十三！　ってね」

「それで」

あの人がやんわりと続きを促す。

「どうだったの、結果は」

「内緒です」

先生はまた胸を張った。

「それより、長谷川式よりも簡単に異変に気づけるやり方があるのを知ってますか」

私たちはただ首を横に振る。私たちは先生にはぜんぜん敵（かな）わない。

「非常に簡単な方法です。最近、どんなニュースがありましたか？　と聞いてみてください。これでイチコロです」

「イ、イチコロって」

「突然、答えられなくなる日が来るんです。私ももう、日によっては答えにくくなってきています。考えようとしても頭の中に靄がかかっていて何も見えない、そういうときがありますから」

隼が神妙な面持ちでじっと聞いている。

おかしな気分だった。靄がかかっていて何も見えない、そんなのはいつものことだ。靄のかからない、晴れた日なんてない。

「先生、私も靄がかかっていますが、歌えます」

　卯の花の、匂う垣根に

そっと口ずさんだら声が震えた。卯の花って空っぽの枝木だったんだ。

　ほととぎす、早も来鳴きて

だけど、その白い花にほととぎすが来る。きっと明るい声で囀っている。

　忍音もらす

忍音の「し」から声が重なった。隼と、あの人と、それから先生も歌っていた。くっくっと忍び笑いを漏らす。誰が？　ほととぎすが？　たぶん、私たちだ。私たちは忍び笑いを漏らすのだ。靄がかかっていても歌を歌うだけでこんなにあんころだから。

夏はきぬ

最後の音をいっぱいに引っ張って、私たちはまた忍び笑う。今度は四人がちらりと顔を見合わせて。そうだ、夏は絹、冬は木綿で、今はあんころだ。

「何が最近いちばんのニュースかって話だけど」

隼が切り出した。その話はもう終えたのかと思っていた。

「むずかしいと思うんだ、まじめに暮らしていればいるほど。ニュースなんてないといえばないし、あるといえばある。半年前のことでも当事者にとってはニュースであり続けるし、どこかの誰かが起こした事件は大きくても自分のニュースにはなりえない。じゃあ、ニュースってなんだろうなあって思うよ。たとえば今日新しい仕事が決まった、好きな人と話ができた、っていうのは他人にとってはどうでもいいことだろうけど、俺にとっては大きなニュースだ」

「なんだおまえ、好きな人ができたのか」

「なんでそっちなんだよ、新しい仕事が決まったとは思わないのかよ」

「私にとっては」

先生が穏やかに口を挟む。

「隼が生まれたことがいちばん大きなニュースで、以来それを上回るニュースはありません」

む、とあの人がいい、隼が顎を引く。

隼が生まれたことがいちばん大きなニュースで、以来それを上回るニュースはありません。

ああ。うちのお母さんやお父さんも私が生まれたことをニュースだと思ってくれていただろうか。

「でも、じいちゃん、最近どんなニュースがありましたかって聞かれて、孫が生まれたことを答えたら即刻アウトだよ。なんたって十九年前のニュースだもん」

「アウトでもセーフでも私はかまいません」

アウトでもセーフでもかまわないような気が、たしかにした。スリーアウトチェンジなんて野球だけのルールだ。靄の中でアウトを重ねてもなんとかこうして生きていける。

「ところで佐古さん」

　先生が私を見た。

「お茶にしませんか」

「はい」

　たくさんしゃべって喉が渇いていた。

「今日はおいしいおやつを用意してあるんです」

「えっ」

　思わず先生の顔を見た。それから横目で隼を見た。隼もまっすぐに先生を見ていた。

「じいちゃん、最近どんなニュースがあったか話してよ」

　先生は先生らしいまじめな顔で隼を見つめ返した。

「そうですね、衝撃的だったのはなんといってもよど号事件です」

　隼が先生から視線を外す。冗談なのか、本気なのか、先生の考えていることがわからない。急に月に黒い雲がかかるみたいに、まさかこんなに急に意識に靄がかかったり晴れたりするものだろうか。

「あの飛行機には私の兄も乗っていたのです。とても忘れられません」

　私はこれまでニュースのことなんて考えたこともなかった。大きな事件を起こす人のことも、それを解決するために立ち向かう人のことも。私は大きなものにはかかわらないだろうという予感。予感というほどでもない、ただの気持ち。小さく生まれて、ずっと団地の一室で育って、地元の公立の学校を出て、自分の分だけ働いて、それで食べて暮らしていく。小さい丸の中に私はいて、隣にはたぶん母がいて、ちょこっと行ったところに父がいて、路美ちゃんや絢花なんかは丸の縁ぎりぎりのところにいて、その向こうから先生やあの人や隼が顔を覗かせている。それでいいと思っていた。ううん、いいも悪いもない。そういうものだと思っていたのだ。

丸が大きくなることも小さくなることも考えていなかった。ただ、私が新しく家庭をつくることはないだろうから、少しずつこの丸は縮んでいって、いつか私が消えるのと同時にきゅっとなくなるんだろうと思う。その、丸が消えるときに鳴るだろう、きゅっという小さな音を想像しても、悲しくもさびしくもなかった。

でも、実際には、きゅっと消えていなくなるなんてことはできないのかもしれない。それまでに無数のアウトを重ねて、無様に負けが込んで退場するという消え方しか、たぶんゆるされていない。キャッチャーフライだったり、ピッチャーゴロだったり、思い切った空振りだったり、ただの見逃し三振だったり、全力疾走して滑り込んだ末のアウトだったり。大きなホームランを狙っても狙わなくても、どのみちいつかはアウトなのだ。

頭にいつも靄がかかっている。人は私の言葉を聞かないし、私も人の話がわからない。そういうものだと思おうとしていた。よど号事件も、隼の誕生もニュースと思わず、私が誰かのニュースたりえたこともなく、私自身のニュースが何かも知らないで。

「どうかしましたか」

　先生が心配そうに聞いてくれる。

「佐古さんは無口ですね」

「あ、はい。そうだったかもしれません」

　いろんなことを話せるほど、私の世界ははっきりしていない。私には私のまわりにあるものしか見えない。それは、欠片(かけら)だから。私は何かの欠片でしかないとわかっているからだ。

　私の声は小さい。大きなものについて話すことができない。ニュースはない。いつも欠片を見て欠片のことだけ気にしている感じがしている。

　たとえば、団地の自転車置き場に冬のタンポポが咲いていて、それがどんなに小さくてみすぼらしいか、でも細い花びらの黄色がどんなに鮮やかか、見える部分のことは言葉にすることができる。だけど、たぶん、タンポポって見えてる部分だけがタンポポなんじゃない。花も茎も葉も、そして地中に埋まった根っこも含めて丸ごとタンポポだし、だから花が咲いていても、綿毛になっても、やがて枯れて朽ちても、ニュースじゃない。その一場面一場面がタンポポなのだから。

　きっとウツギもそうだろう。枝の中が空っぽで、白い花は可憐で、公園の垣根に使われていて、卯の花と呼ばれていて、そういうこと全部がウツギで、でもどれも欠片だから完全なウツギとはいえない。

「先生、先生のこともっとたくさん話してください」

部分をどれだけ集めても全体にはならない。だけど、小さくても部分は嘘じゃない。ひとつひとつの欠片がほんとうの真ん中を指している。

「ニュースじゃなくてもいいですか」

先生がとぼけた顔で聞く。

「いいです、ニュースじゃなくていいんです」

「長谷川さんじゃなくてもいいですか」

「いいです、いいです」

「じいちゃん」

隼が眉をひそめて何かいいたそうにしている。

あの人はのそりと立ち上がった。

「さ、仕事すっか」

佐古さんともあんたとも呼ばなかったけれど、あの人は私に呼びかけてくれている。

私の欠片はあの人の声に反応し、私の全体を震わせている。

はあ、靴下がねえ。

誰もいないはずの和室からくぐもった声が聞こえて、飛び上がりそうになった。ずくんずくん音を立てている心臓を宥めつつ振り返ると、和室から居間へ二本の足が出ている。その足先に、黒い靴下が半分脱ぎかけで――半分履きかけで、か――ぶら下がっている。

父だった。一昨日、突然帰ってきた。

まだ慣れない。家に父がいることをいちいち忘れてしまっている。

「どうしたの、お父さん。靴下がどうかした」

食卓の椅子にすわったまま、足だけの父に聞く。するとその足の先がぴくんと動いた。それからゆっくりと身を起こしたらしい。記憶にあるよりもひとまわり色の黒い父は、足を投げ出したまま腰を折り、和室の襖の低い位置から億劫そうにこちらを見ている。

「どうもしないよ、靴下は。おまえこそどうした」

ああ、そうか、本人は意識していないらしい。長く家を空けていた父は、やたらとひとりごとをいうようになって戻ってきた。普通に話すのと声の調子や大きさが変わらないものだから、そばにいるとびっくりする。

ひとりごとが多くなったのは、ひとりでいる時間が長かったからかもしれない。そう思ってから、ほんとうにひとりだったのかどうかはわからないと思った。ほんとうにも何も、そもそも私は父の口からひとりで暮らしてきたと聞いた覚えもないのだ。だけど、父がどこかで誰かと暮らしている姿はもっと思い浮かばなかった。

「靴下、小さくなってた？」

重ねて聞くと、父は履きかけ——あるいは脱ぎかけ——の足先をじっと見ている。

「しばらく留守にしている間に俺が大きくなっていたのかな」

そういって、足先から垂れ下がった黒い靴下を一度ぶるんと振った。

不思議な生き物みたいだ。黒い靴下が、ではなく、父がだ。

こんな感じだったっけ。こんな、と形容しようとして、何も出てこない。思っていた人と違う、と思うのだけれど、じゃあ前はどんな人を思っていたのかといえば、それもわからなくなってしまう。

これまでどこで何をしていたのか、母は父に聞いたのだろうか。ふたりの淡々とした様子からは、話し合いが持たれたそぶりはない。そういえば、もともと話し合いなどしない父母だったと思う。

なあ、と父が呼ぶ。呼んでいるふうではないけれど、あれはひとりごととは違う。隣の部屋から私に話しかけている。

「おまえ、いくつになった」

一昨日も同じことを聞かれた。きっと父は私の歳(とし)を知りたいのではない。もっと別の何かを期待しているのではないかとうっすら思った。

「十九」

「十……九……って、おい、あの十九か？」

他にどんな十九があるのか知らないが、私は黙ってうなずいた。この前のやりとりは何だったのか。

「おいおい、大きくなったんだなあ」

私のことを見もしないで、数だけ聞いて大きさに驚いている。

「お父さんが出ていったとき、まだ小学生だったからね」

遠慮がちに、数字を人間のかたちに置き替えてみる。

「嘘だろ」

父の顔を見ると、すらっと目を逸(そ)らされた。

「ぜってえ嘘。おまえはまだ保育園児だった」

目を逸らしたから、私は堂々とその顔を見ることができた。こんな顔だったんだ、お父さん。誰だったかよくわからない、だけど父に違いない人の顔。嘘といえば、嘘かもしれない。これもあれもぜんぶ嘘かもしれない。ゲシュタルト崩壊っていうやつだ。宿題をしようとしたら、習ったばかりの漢字が全部ばらばらに見えた。小学一年生か二年生のときだ。怖かった。ぐすぐす泣いて父に訴えると、教えてくれたのだ。おまえ、そりゃゲシュタルト崩壊ってやつだ。今、目の前でそれが起きている。父の顔がわからない。

嘘というなら、この狭い部屋に父の靴下が取ってあったことも嘘みたいだ。父が靴下を爪先（つまさき）から足の甲の半分までしか履かないのもあの頃とあまりに変わっていなくて、よく練られた嘘みたいだった。

昔、父に尋ねたことがある。どうして半分までしか履かないのかと。ほんとうは半分までだっていい。それでべつにかまわない。そう頭では思うのに、その中途半端な足先を見ると、なぜか気になってしかたがなかった。進もうとしているのか、退こうとしているのか、見当のつかない一個小隊みたいだ。

「いざというときのために」

父は答えた。いくぶん胸を張って。

いざというときのために、靴下は脱がずにいる。あるいは、履かずにいる。

つまり、本来は靴下を脱いでしまいたいのだけれども、脱がずにいる。本来は靴下を履きたくないんだけれども、履く。履いていたいんだけれども、脱ぐ。

いったいどれなのかわからなかった。

「つまりだ。たとえば火事になったとするだろ。すぐに逃げるよな。とるものもとりあえず、って感じで」

うん、と私は返事をしたはずだ。とるものもとりあえず。

「そのときに、すでに靴下を半分履いていたら、どうだ。あとはさっと伸ばすだけなんだ、楽勝だろう」

ふうん。父が不服そうな顔をしたのを覚えている。私はたぶんあまり感心したふうな声を出せなかったのだと思う。そんなのは嘘だ。取ってつけた理由だ。子供だった私にもわかった。

父には決められないのではないか。脱ぐのか、履くのか。行くのか、戻るのか。だいたい、いざというときってどういうときなんだろう。いざというとき、そのときが来れば、今がいざだとわかるんだろうか。ときが来ても、いざ、いざ、と思いながら踏み出すタイミングがわからずに、足踏みしてしまう自分の姿が目に浮かぶようだった。

どうしてそんなことをはっきり覚えているのか、不思議だ。まるで、いざ、に心を奪われたあのときと、今がまっすぐつながっているみたいだ。

「お父さん、いざというときが、もしかして、来たの？」

それで帰ってきたの？　そう聞きたかったけれど、それ以上はいわなかった。きっと父はそんなやりとりを覚えていないだろう。

　父は出ていったときと同じようにふらりと帰ってきたのだ。いざ、なんて決意はまったくないみたいに見えた。まるで見計らったかのように、夕方、母が出勤する直前にドアを開けて。

「あっ」

　いきなり玄関に現れた父を見て母が驚き、

「おう」

　父が普通に靴を脱いで上がってくるのを見て、

「えっ」

　母がわずかに半歩ほど後ずさった。

「おう」

　父は軽く右手と右眉を上げて私にも挨拶し、その時点で父の勝ちだった。

「ともかく行ってくるわ」

　つけかけていたイヤリングを外してテーブルの上に放り投げ、母は仕事に出かけていった。たぶん、怒っていた。何食わぬ顔をして家に入ってきた父のその何食わなさ加減に。

　父と残されて、困った。何を困っているのかわからなかった。あの懐かしい父が帰ってきたのだ。困った以外の感想があってもよかった。

夕食の準備がひとり分しかない。そう思いついてほっとした。そうか、それで私は困っていたのか。

父が普通に食卓の椅子に腰をかける。そうして、きょろきょろと部屋を見まわしたりしている。椅子は今でも三脚あるけれど、一脚は雑誌やチラシやダイレクトメールやヘアゴムなんかの置き場所になっている。あれを片づけないと私のすわる椅子はないな、と思った。

「おまえ、いくつになったんだっけ」

父は普通に話しかけてきた。

「ハタチ」

ほんとうはまだ十九歳だけれど、なんだかほんとうの年齢をいうのが悔しかった。悔しいのとは違うか。悲しかったのか。悲しいのとも違う。さびしいのか。なんだろう、わからない。

「へえ、あっというまに大きくなったんだなあ」

さして感慨もなさそうにいう。

あっというまでもなかったし、大きくなってもいない。私が黙っていると、父は首を左右に捻(ひね)りながら鼻で笑った。

「おまえ、まだ十九だろ。なんで多くサバ読むんだよ。変なやつだな」

私の歳を知っていたことが意外だった。覚えていたのだろうか。ここにいない間にも私の歳を数えたりすることがあったのだろうか。

遠近法が狂っているみたいだった。近くの人は大きく、遠くの人は小さく見えるはずではなかったか。父が出ていってから、たとえば『エラ・イン・ベルリン』で思い出す父は大きかったし、記憶の中でも近くにいる感じがしていた。それなのに、実際に見たら、なんだかすごく小さく見える。遠くにいる人みたいだ。

やっぱり顔も違っているような気がした。さっき、どうして母も私もあんなに簡単にこの人を受け入れてしまったのだろう。この人が父だとどうしてわかる。見れば見るほど、父に似た他人程度にしか似ていないように思えてくる。

父は自分で鍵を開けて入ってきた。ちゃんと鍵を持っていたのだ。母にも私にもそしてこの部屋にも、父のかたちに穴が開いていて、毎日毎日暮らしていくうちに押されたり引っ張られたりしながらかたちを変えてきた。よくも昔の鍵が通ったものだと思う。最初は父のかたちに開いていた私たちの穴は、もうすっかり大きさもかたちも変わっている。もちろん、父自身も。そこに、今さら元の父をあてはめたってすっぽりと収まるわけがなかった。

「季節の変わり目とかな、夕方が夜に変わる一瞬とかな」

父がのんきな声で話す。私は父を見る。小さな、父に似た他人。嘘みたいな現実。ひとり分しかない夕食。

「そういう、なんていうかさ、臍にすうすう風が通るようなときってあるだろ」

「うーん」

他にいいようがなくて私は唸る。

「そういうときに、あれだ、ぼろい団地の窓に明かりが灯ってるのが見えたりすると、なんだかすげえいいものを置いてきたような気になっちゃうんだな」

「どこに」

父に似た人はそこで初めて私を見た。

「ここに」

その芝居がかった表情に、父の輪郭がまた歪んで見えた。

あたたかく見えた窓の明かりはただの電球色で、その光に照らされる私たちは別段あたたかくもやさしくもなく、なんということもない日常を過ごしてきただけだ。

「おまえさぁ、久しぶりに父親が帰ってきて、いろいろ話してるんだろ。もうちょっと感慨深そうには聞けないもんかね」

うん、と返事をした私も、そして父自身も、気持ちはどこかここではないところで漂っていたと思う。私の耳に父の声は達していたけれど、鼓膜をするりと通り抜けるようだった。ただ、会話を続けなければならないと思った。父を元どおりの日常に織り込む作業をこなさなければ。

だから、母がいつもどおりきちんと酔っぱらって帰ってきたことにも、そのときにはすでに父は居間に敷いた蒲団でぐうぐう鼾をかいて寝ていたことにも、拍子抜けした。母と父の何食わなさに比べたら、私にできることなんて何もない気がした。

木枯らしの吹く頃に始めた額装の手伝いは、手伝いという名前のまま私の中でずんずん大きくなった。あの人はもうあまりしゃべらなかったけれど、どんな額装でも一から十まで私の目の前でやってみせてくれた。一から十までなら、数に弱い私でもさすがに間違えようがない。ひとつずつ足していくだけでいつかは十になる。その作業を目にするだけで、そしてときおり請われるままに手を貸すだけで、何か確かなものに触れている実感があった。確かなものというのが何なのかはわからないし、触れたはずの指先にも掌にも何の痕跡も残っていなかったのだけれど。細くて干涸びていた身体に内側から芯が通って膨らんでいくような感覚。水で浸したわけでもないのに細胞が潤っていく感覚。自分の中で育つものを自分では止めようがなくて、喉から飛び出ないよう、皮膚を突き破らないよう、息を潜めて手を動かした。あの人がもくもくと額装をするそのそばで。

今まで何をしてきたんだろうと思う。不思議でしかたがない。今まで何を見てきたんだろう。何を聞いてきたんだろう。見るもの、聞くものが、なんだかみんな初めてみたいな気がする。初めて触った雪みたいに、ヤマアラシみたいに、白味噌（しろみそ）みたいに、全身の触覚を震わせながら。目や耳を窓にして、そこからつながる神経を、細胞を、ひとつひとつ揺り起こして、抉（こ）じ開けて、今まで見たこともなかった風景を見る。

今、その途中だ、と思う。途中の途中のそのまた途中の、一里塚の木の下でふうふういって休んでいる旅人みたいだ。塚をたどっていったら、やがてどこに着けるのか、わからない。東海道なのか中山道なのかもわからない。でもなんとなく、そう大きくもない丸の中で一生を過ごすのだろうと思っていた、その丸の中からはみ出している感じがある。

額縁から向こうを覗くと、さまざまなものが見えた。お客さんが持ち込んだ写真の、こちらを向いてはっきりと写っているものと、その奥に潜んでいるものと。絵なら、そこに描かれたものと描かれていないもの。それらを見られるようになったわけではない。でも、そこにそれがあることを感じることができるようになった。私にはまだ見ることのできない、もしかしたら想像もつかないようなものが、あちこちに潜んでいる。絵や写真の中だけでなく、たぶん、今私が立っているこの足下から地続きのところにも。

ヘルパーの仕事は、先生のところだけに絞らせてもらった。もともと他の家に派遣されるとクビになることが多かったから、古畑ケアセンターも加納さんもほっとしていたと思う。先生のヘルパーに入る以外の時間を、額装の手伝いに充(あ)てるようになり、要するに私は毎日横江家へ通うようになった。

先生のためには、訪問看護の人が来てくれることになった。あの人もほっとしたことだろう。もちろん私もだ。それでも、先生とあの人がふたりだけで過ごす長い時間を思うと、胸がしくしくした。

ヘルパーとして働く正規の時間以外にも、頻繁に先生の様子を見に行けると思っていた。ところが、不思議なことが起きた。気がつくと、時計の針が回っている。しばらく前まで、長い針がひと目盛り動くのを待つだけでも眼球が乾きそうだったのに、今でははっと気がつくと短い針のほうがひと目盛り進んでいたりするのだ。何が何だかわからなかった。時計の針が勝手に進むなんて、十九年間生きてきて初めてのことだった。

壁の時計を見上げてしばらくぼんやりする。時計を読む、というけれど、記号を読み取れないときはただの壁の円盤だ。これまで、ずいぶんたくさんの円盤をやり過ごしてきたと思う。意味の取れないものを避(よ)けて、跨(また)いで、ときどきは頭をぶつけたりしながらも、深くはかかわらないよう心掛けてきた。私には容量が足りないからだ。わからないものはやんわりと拒む。そうやって自分を守るしかないのだと思ってきた。でも、ほを。
んとうはどうだったんだろう。守るほどの価値があったのか。それよりも、待てなかったのか。かかわることで、読み取れなかったものが不意に読めるときが来る、その瞬間を。

ぼんやりしたまま先生の様子を見に行こうとしたら、髪の毛がちりちりっと逆立った。不穏な空気を察知したみたいだった。

母屋への階段を一段上がった途端、おでこのあたりがむっとして、二段目を上がると口元までむっとした。あわてて部屋へ駆け上がると、亜熱帯のような部屋に先生がいる。隼もいる。奥であかあかとストーブが燃えている。

「どうしたんですか。あの、ちょっと暑くないですか」

上着を脱ぎながら聞く。

「ジャングルみたいだろ」

二月だというのにTシャツ一枚の隼が笑う。

「もしかして、ふたりで我慢大会ですか」

上着を脱いでも暑いので、タイツも脱ごうかと思う。隼だって汗をかいている。先生はネルのシャツを着て平然とすわってお茶を飲んでいる。

「真冬の我慢大会なら暑くしないだろ。むしろ冷やすだろ。水風呂とか入って痩せ我慢するんならわかるけど、こんなに暑くしてどこが我慢だよ」

投げやりな口調で隼がいう。機嫌が悪いらしい。

「いいですね、若い人にはカロリーがあり余っているから暑く感じるんです。私にはもうそんなエネルギーはありませんから」

先生の口調は穏やかだった。

「先生、寒いんですか」

聞くと、にこやかにうなずいた。

「寒の入りですからねえ」

寒の入りというのがいつのことなのか、正確にはわからない。だけど、もうとっくに過ぎていることは疑いようもない。まもなく春一番が吹こうかという季節だった。

隼が不機嫌そうにそっぽを向きながら聞いてきた。

「なあ、佐古さん、牛乳の水分ってどれくらいだか知ってる？」

この頃はこんなだ。隼は現実を受け入れたくなくて、ときどき逃亡する。わざわざ捕まえに行かなくても、ちゃんと自分で戻ってくるのだけれど。

隼とロドリゲスの話をするときは楽しい。正気に戻った先生がぽつぽつと語る言葉を拾えたときにも、おいしいおやつとお茶を楽しむひとときにも、あんなにわかりあえたと思ったのに。

わかりあえたと思うときは、いつもほんの一瞬、お互いの間を走る閃光(せんこう)みたいなものだ。ぴかっとわかりあえればそれがすべて。お互いの一点だけをわかりあうのであって、その点以外はわかりあえないままだ。わかりあえないというより、隠されたまま、まだ見えていないままなのだ。

それなのに、わかりあえたときにはすべてわかりあえたつもりでいるからおかしくなるのかもしれない。隼が先生を大事に思っていて、私も先生を大事に思っていて、そこをわかりあえればそれでいい。それ以外のことはわからない。わからないということをわかっていればいい。

「牛乳ってぜんぶ水分じゃないの？」

私が聞くと、隼はちょっと笑った。

「ぜんぶ液体ってだけで、ぜんぶが水分なわけじゃないよ。脂肪分とか入ってるでしょ」

「ああ、そう」

答えた自分の声があまりにも素っ気なくて、ちょっと気が引けた。

「それで喉が渇いたときに牛乳を飲んでもまだ喉が渇いてるんだね」

お愛想みたいに付け足したら、足下が少しぐらついた。

隼は膝の上で握っていたテレビのリモコンに視線を落とし、それからそれをテーブルの上に置いた。

「なんかさ、佐古さんと話してると、こう、調子狂うんだよな」

それはよくいわれる。調子が狂う。そういわれると、少し気分がいい。たぶん、くるう、という言葉の響きがいいからだと思う。もともと人の調子なんてわからない。だから、くるうのはいい。くるう、くるう。

「じゃあさ、牛乳とスイカ、どっちが水分が多いと思う？」

ああ、おもう、って言葉も好きだ。おもう、おもう。

「ね、佐古さんさ、人の話聞いてる？」

うん、とうなずく。何の話だっけ。

「牛乳とスイカ、水分が多いのはどちらでしょう」

ねえ、隼。ほんとうに話したいのはそんなことじゃないでしょう。

隼の背後で、ソファの先生が船を漕ぎはじめている。立っていってストーブを消し、窓を開けて新鮮な空気を入れた。

「隼、もしまだここにいるなら、先生が目を覚ましたらお水を飲ませてあげて」

隼はしぶしぶうなずく。

「わかったよ。わかったけどさ、あのね、俺の話聞いてた？　考えてみて。牛乳とスイカ。牛乳は液体で、スイカは固体だ。なのに、スイカのほうが実は水分が多い。それってすごくない？」

うん、とうなずいて、さっき脱いだ上着を取る。

「あれ、もう行くの？」

「うん。ごめん」

「ふうん」

隼はつまらなそうに口を尖らせて目を伏せた。それを見ないようにして脇をすり抜ける。

隼は今、すごく困っている。やることがない。何をしたらいいかわからない。先生のそばについていたいけど、いてもすることがないし、もしかしたら自分と同じくらい手持ち無沙汰なんじゃないかと期待していた私まで仕事に行ってしまう。取り残された気分で居たたまれないのだろう。和室を出ようとしていた私に食い下がる。

「あんた見るとほっとするよ」

隼の声に焦りが混じった。

「あんたは……」

いいかけて、そのまま黙った隼に、いわなくていいよ、と思う。いわなくていい。

学校に通っていた頃、試験の後なんかによくいわれたのだ。あんたを見るとほっとする。自分よりまだ下がいると確認できるからだ。それで人にほっとしてもらえるならそれはそれでいいけれど、今ここで隼にいわれるのはうれしくない気がした。

「あんたは大きいよ」

「え」

聞き間違いかと思って、隼の口元を見た。きゅっと引き締まって、もう開きそうもない。今、大きいっていった？　小さく生まれてそのまま育たなかった私のことを、大きいって？

隼がいい直しそうにないのであきらめて私は自分の痩せぎすの手を見る。この小さい二本の手でできることは、うんと小さい。ほとんど意味がないくらいに小さい。だけど、ほっとしてくれる人がいるなら、小さくてもいいのかもしれない。

そう思ってから、ちょっと違うような気がした。どこが違うか、わかりそうだったけれど、頭を振った。わからなくていいと思った。

「さっき来てくれた看護師さんが」

隼はこちらを見ないままぼそりとつぶやいた。

「いい人なんだよ。じいちゃんが穏やかな日々を取り戻せるように、っていってくれるんだ」

「うん」

「でもさ、そんなの無理じゃないか。もう取り戻せないってわかってるのにさ、そんなこといわれてもじいちゃんも俺も困るよ。そんなの考えればわかるだろう」

考えなくたってわかる。壊れてしまった日々、なくしてしまった日々を、取り戻せるわけがない。取り戻せないから、取り戻さずにやっていく。

「そうだね」

ふっと父のことが思い浮かんだ。お父さんが帰ってきてよかったと思う。でも、帰ってきたからといって、昔の、一緒に暮らしていた頃の日々を取り戻せるわけじゃない。空いた穴を何年もかけて修復してきた。そこを埋めることなんてできないだろう。

「取り戻そうと思うほうが残酷なんだよ。前と同じように前を目指して進んだら途方に暮れるじゃないか。前とは違うところを目指していくものなんじゃないか、なあ？」

隼が取り戻せなくて無念がっているのは、むろん先生のこと、先生とのことだろう。だけど、同じ十九年を生きてきたはずの皺ひとつない顔を見ていたら、胸が苦しくなった。こんなに若くして取り戻せないものを嘆かなくちゃならないなら、この先いったいどれだけのものを失うんだろう。取り戻すことができたとしても、手放さなきゃならないものが生まれるだけなんじゃないのか。

「そうだね」

私にも私のいる場所のことがわからない。いいものと、そうでもないものとに囲まれて、何が好きで何を好きではないか、毎日いちいち確認しなければわからない。ひとつずつ出会うたびに、あ、これは好きだとか、ああこれは好きではないとか手探りで確かめることで、今いるこの場所のかたちを知るのだ。

私は私のいる場所を、勝手に自分を中心にした円だと思い込んでいたけれど、ほんとうはそうじゃなかったのかもしれない。陣地なんてもともとなかった。取り戻すとか、失うとか、そういうことではないのだ。尖ったり、へこんだり、でこぼこしたりしているところに危なっかしく立っているだけだったんだろう。だから、先生が日々先生の場所を新しくしていっても、それは特別なことじゃない。

「そうだね」

私はもう一度隼にうなずいた。

「取り戻すなんて、おかしいね」

取り戻すのではなく、新しく始めるしかないのだと思う。

先生も、隼も、父も、きっと私も、気づかないだけで似たような道の前と後ろにいる。ただちょっと先か後かの違いだけだ。

「じゃあ、行くね」

和室を出ようとするのを、後ろから隼の声が追いかけてくる。

「俺、わかんないんだよ。今まで何をやってもぜんぜん駄目だったし、どこへ行っても何もできないいんだ。じいちゃんが寒いっていえばストーブがんがんつけてやるくらいしかできない」

私はゆっくりと息を吐き、それからゆっくりと息を吸う。

「隼」

いざ、っていうのがどういうときだか私は知らない。いざ、いざ。だけど、朝起きて、腕がむずむずしている。足が動き出そうとしている。私には馳せ参じる場所がある。あの気持ちは、たぶん、いざ、だ。誰にも呼ばれていなくても、いざ。私にはやりたいことがある。

「ねえ、隼」

隼の腕を取って椅子から立たせた。

「隼もやろう、額装」

自分でも思いがけない言葉が出た。隼は子供みたいに手を大きく横に振る。

「俺はいいよ」

「よくないよ」

呼ばれていないから行かない、声を掛けられていないからやらない、なんてごまかしだ。いざというときに立たなきゃ出発できないんだ。

「あのさ、額装って誰にもできるってわけじゃないんだぜ」

隼がいうのを、首を振って遮る。

「ううん、誰にもできる。そりゃ、あの人みたいにすごい額装は誰にもできないだろうけど、誰にでもできるんだよ、ただの額装なら」

「ただの額装して何の意味があるんだよ」

それもそうだ。だけど、ここでだらだらしているよりはただの額装でもしていたほうがいい。手を動かすだけで、心が動くから。

「おーい」

仕事場から、あの人の呼ぶ声がした。

「そろそろ戻ってくれないか」

「はい」

返事をしたら、泣きそうになった。ただの額装に意味はないかもしれないけれど、ぜんぜんだいじょうぶだ。あの人が呼んでくれている。

振り返って、隼を見た。

「私には意味がないよ。価値もないかもしれない。だけど、私が額装を手伝うことには意味があるし、価値もあるよ」

いいながら、頬が熱くなるのがわかる。

10

隼は駄々をこねるみたいに足を突っ張らせて、頑として母屋から動かなかった。

「隼はすぐに、しなくていい、っていうよね」

腕をつかんだ指に力を込める。ああ、初めてだ、と思った。こんなふうに食い下がるのも、そもそも誰かに自分の気持ちをちゃんと伝えようとするのも。それなのに、いい出したら止められなかった。

「ねえ、隼。しなくていい、しなくていい、って思ってるのは意外と身体に溜まるよ。知らないうちに溜まっていって、いつかほんとうにしなくていいって思っちゃうんだ」

俺はいいよ、と隼はいった。額装はしなくていい、と。

だけど、額装の話だけをしているんじゃない気がした。何かとても大事な、具体的なかたちのわからないものの話をしているんじゃないか。でも、私は自分が何について話そうとしているのか、何を思い出そうとしているのかわからなかった。何か、ほんとうはしたかったこと。しなくていいと思い続けることでなくしたもの。いくつかの断片が浮かんで、どれも不確かなまま消えていった。

「しなくてもいいや、って思っちゃえばたしかに平穏に暮らせると思うの。いろんなことに距離を取って、近づかないようにして、何にも執着しないで生きられれば楽だよ。だけどね、なんでもかんでもなくていいって思えるようになったらね」

そこまでいったところで、喉が詰まった。後を続けられなかった。なくていい、しなくてもいい、と思いながら生きてきたのは私だ。どうしてもなくちゃいやだと思えるものが、不意にがさがさと身のまわりで音を立てはじめたばかりだ。それを握りしめて離さない私の指が、以前より力強く太くなったわけでもない。

自分の立っている場所さえあやふやでままならないのに、人を巻き添えにするわけにはいかない。そんなことはしたくなかったし、できるはずもない。足場をおそるおそる踏み固めたつもりでいても、まだまだ足りない。私の足下の土は、スコップやシャベルで簡単に掘り返されてしまうだろう。そうしたらきっと私の隣にいる人も一緒に尻もちをついてしまう。それはしのびなかった。だったら誰かや何かと深くかかわらないほうがいい。

昨日までずっとそう思ってきた。ううん、今日、今の一瞬前までずっとそう思ってきたのだ。でも、今は違う。思いっきり手を引っ張って、ぐらつく隼をこの不安定な場所に立たせている。

「隼」

呼びかけて、でも何をいえばいいかわからないでいる。

「隼」

　困った顔のまま笑おうとしたせいか、隼は不細工な犬みたいに鼻を鳴らした。

「なんだ、佐古さんって実はそんなにしゃべれるんだ」

　それから、私につかまれているのとは反対の腕で私の肩をぽんぽんと叩いた。

「ほら、早く行きな。俺、見てるから」

　頑なだった声から力が抜けていた。私は隼に向かってうなずいた。見ている。それだけで何かが揺れる。ただじれったく貧乏ゆすりをしながら先生のそばにすわっているより、見ているだけでも店に下りてきたほうがいい。きっと、隼も新しいものを見る。隼の中で何かが動く。

　母屋からの階段を下りると、

「これ」

　仕事場の真ん中であの人が私に向かってファイルを差し出していた。

「はい」

　急いで行って受け取る。その瞬間、隼の存在が頭から消えた。

「これ、ずいぶんさびしい感じの額縁選んでるけど、どうして」

　依頼された額装に私が選んだのは、枯れ木のようなぱさぱさした黄土色の額縁に賞味期限をとっくに過ぎた抹茶みたいな鶯色のマットだった。

「秋のイメージの額装だよね。それもかなり深まった秋、晩秋」

手渡された写真をもう一度見る。

夏の写真だった。太陽の陽射しを浴びた男女が、輝く海辺を背景にして立っていた。逆光気味ではあるけれど、かたときも離れられないふたりの絡みあうようなシルエットが、一匹の生きものみたいに切り取られている。

それなのに、どこかに秋の気配が紛れ込んでいるように見えたのだったか。これを大切そうに持ってきたふたりの姿を思い浮かべてみる。仲睦(なかむつ)まじく見えた彼らにも秋が忍び寄っていたのだろうか。ここにいる間もふたりはお互いの身体のどこかに触れあっていて、頭からはむんむんと湯気が立っているようだった。

思い出の写真なんです、と話していた男の人の声のにやけ具合と、女の人の目元のにやけ具合がそっくりで、恋愛をすると赤の他人がこんなふうに似るのだなあと感心したのだ。あのふたりは夏だったとあらためて思う。秋じゃなかった。

答えられずにいると、あの人は首の後ろに手をやって左右にこきこきと曲げた。

「悪いっていってるんじゃないんだ。ただ、理由を聞きたい」

「はい」

あの人は肩をまわしながら母屋のほうへ上がっていった。

私は写真を見続ける。どう見ても夏だ。それなのに私はこの写真に秋の額装をした。

「佐古さんくらい自分に自信を持てたらいいなと思うよ」

その声で我に返った。いつのまにか後ろから隼が覗き込んでいた。

「え」

振り向いて、聞き直す。

「自信を？　私が？」

伊達に十九年生きてきたわけじゃない。自慢じゃないけど自信なんて生まれてこのかた一度も持ったことがなかった。

「佐古さんは自由だ。夏の写真に秋を感じることができる」

それはちょっと違うと思う。どう見ても秋じゃない。こんな額縁を合わせようと考えた自分の感覚がよくわからない。

「佐古さんは、測らないから」

「何を」

隼は私の質問には答えずに、店の奥のストーブのほうを見た。

「子供の頃から思ってたんだけどさ、みんな、持ってる物差しが違うんだよ」

物差しといわれて頭に浮かんだのは、なぜか透明のプラスチックの三角定規だった。直角三角形と、二等辺三角形の二枚セットを初めて手にしたとき、わけがわからなくてふたつの三角形をただぼんやりと眺めていた。これで何が測れるんだろう？

長さを測るなら、普通の細長い定規が使いやすい。わざわざ三角形にしているからには三角形でなければならない理由があるのだと思う。だけど、三角形で測るってどういうことだろう。三角形なんて無数にあるのに、たった二種類の三角形でどうしろというのか。目盛りは一辺にしかついておらず、それも端からついているわけでもない。

私は三角定規を透かして向こう側を見た。前の席の男の子の後ろ頭が見えるだけだった。特別な何かが見えると期待したわけでもなかった。それでもなんだかがっかりしたのだ。その頭がいきなり振り向いて、算数のプリントを手渡そうと伸ばしてきた手を、私はやっぱり透明な三角定規越しに見た。爪が伸びていて黒かった。なにやってんだばか、とその子はいった。手を洗うとか、爪を切るとか、そういう簡単なことさえできない子が私をばかだという。私の机にプリントを置くと、大げさに手を引っ込めて、ばかがうつる、といったのだった。

「三角定規はあんまり好きじゃないな」

あのときの黒い爪を思い出して正直な感想をいうと、

「いいよ、どんな物差しでも」

隼は笑った。

「持ってる物差しはひとつひとつ違うはずなのに、そうじゃないことになってるよな。矯正されるよな。俺、保育園の頃から、みんながお遊戯してるときにひとりで砂場で穴掘ってるガキだった。穴掘ってたかったんだよ。でも、先生に叱られると、しかたなくお遊戯に加わるわけだ。根性なかったからな」

「根性なら私もないよ」

いや、と隼が首を振る。

「あんたは根性いらなかったんじゃないか。物差しを当てようともしなかったんだと思うよ。何かを基準で測ったりしない。そのまま受けとめるだけだ。だからたぶん、ずっと穴を掘っていられたんだ」

まるで穴を掘るのが英雄の仕事でもあるかのように隼はいった。話の腰を折っては悪いので黙っていたけれど、私は特に穴掘りが好きなわけでもなかった。

「俺はさ、全員をひとつの基準に当てはめようとする人の物差しが我慢ならないと思いながら、自分の物差しも持ってなかったんだ」

「あの、物差しなんて私も持ってないけど」

私は店の隅の道具置き場のほうを振り返った。

「スケールならあそこにあるから、それ使えばいいよ」

「あのね」

隼はため息をついた。

「比喩なんだよ、物差しは。あんたは――佐古さんは、そんなもんを持たなくてもちゃんと生きていけるってこと。それがいいなっていいたかったんだよ」

よくわからなかった。

隼、と呼びかけようとして、訝しむような表情に気づく。

「何か匂わない？」

息を大きく吸ってみる。画材の匂い。油絵具だろうか。それに、少し埃っぽい匂いも混じっている。

「匂うって？」

「なんだか煙たいような」

そういった途端、自分の言葉にはっとして、隼は弾けるように母屋へ走った。ちょうど母屋から戻ってきたあの人とぶつかりそうになり、体勢を崩しながらもサンダルを脱ぎ飛ばして階段を一気に駆け上がる。

「じいちゃん、いない」

そして、すぐに母屋の戸口に戻ってきた。

「え」

「あ、煙」

あの人が黒い前掛けをぱんぱんとはたいた。

「庭だ」

表の硝子戸を開けて外へ出ていく。そのまま建物に沿って裏へまわるつもりらしい。東側の窓の向こうをあの人が通り過ぎ、そのすぐ後を隼が追った。

少し迷ったけれど、硝子戸を閉め、私は母屋へ上がった。

さっきまで先生がすわっていたソファを見る。テーブルにはきちんと折りたたまれた新聞。細かい文字を読むとき用の眼鏡。あのとき飲んでいたお茶は、飲み終えて流しへ運んだのだろう。テーブルの上はそれだけだった。でも、そこに先生のいた感じが確かに残っていた。

台所には、流しの脇のかごに、ちゃんと洗った湯呑み(ゆのみ)が伏せて置いてあった。そばの俎板(まないた)が目にとまった。使い込まれた木の俎板が湿っている。先生はきっとここで何かを切った。そして、使った後で俎板を洗っていつもの場所に立てかけた。

流しの下の収納を開けてみる。扉の裏の包丁立てに、包丁が三本差し入れてある。やはり包丁もきちんとあるべき場所に収まっていた。

だいじょうぶだ。先生はこんなにもちゃんとしている。

煙たい。今ははっきりと焚き火のような匂いがしている。台所の隅の勝手口を開けると、狭い裏庭に男が三人立っていた。

先生、あの人、隼。三人の真ん中に七輪があって、白い煙を上げている。

「佐古さんもおいでなさい」

先生がにこやかに誘ってくれて、まるで狐につままれたみたいな感じだった。私はそこにあったくたびれたサンダルを借りて庭へ出る。

「いい蕗の薹が手に入ったんですよ」

先生は七輪の隣の台に載せてある笊を指した。ころんとした淡い黄緑の植物が五つ六つ載っている。

「みなさん、鼻がいいですね。おいしいものを嗅ぎつける」

「じいちゃん、なんだよ、ひとりで」

それまで黙っていた隼が口を尖らせた。ひとりで七輪なんか持ち出したらあぶないといいたいのだろう。

「もちろん、炭が熾きて網が焼けたら、みなさんを呼ぶつもりでしたよ」

ひとりじめするつもりではないのだと誇示するように、笊を指す。蕗の薹の横に、油揚げ、その横に舞茸が並んでいる。

「さ、そろそろいいですよ」

先生が促して、あの人と隼が七輪のまわりにしゃがむ。先生はコンクリートのブロックを椅子代わりに、左足をかばうように慎重に腰を下ろした。

一畳、二畳、三畳。だいたい四畳半くらいか。それくらいの広さの庭だ。もしも物干し竿に洗濯物が干してあったら、あとはもう大人がひとり通るくらいのスペースしかない。隼に続いて私もしゃがむ。四人で七輪を囲んでいる。

「あの、私、やります」

先生が握っている菜箸に手を伸ばすと、先生は穏やかに首を振った。

「私はこれでも網奉行と呼ばれた人間です」

隼もあの人も何もいわない。ただ黙って七輪を見ている。網奉行とは誰からも呼ばれていなかったのかもしれない。でも、きっと呼ばれてみたかったのだろう。先生は一度網の上に手をかざして熱くなっているのを確かめると、機嫌よく品よく網に油揚げを載せていった。

早春という言葉が、今日この日、今このときほど似合うときはないと思った。早い春。今ならまだ間に合うと知って、空はこんなに晴れてくれたんだろうか。何かの計らいで、ひと足早く春を連れてきてくれたんだろうか。頬に当たる風は角が取れて丸くなり、穏やかな陽射しはおずおずとした熱を帯びはじめており、どこからか花の蕾（つぼみ）の膨らむ音まで聞こえるようだった。

先生だけがせっせと箸を動かしていた。私たちは何をするでもなく、ただ空を見上げて瞬きをしたり、黒い土のそこかしこに緑の芽が顔を出しはじめているのを見たりした。

それから、七輪の横の小さな丸い窓の中に覗く炎と、網の上の油揚げを眺めた。

ちりちりちりと音がしはじめて、薄く煙が上がる。先生が油揚げをひっくり返す。泊が落ちて炭に当たり、じゅっと音がした。

「ここに粗塩を振って、好みで一味か柚子胡椒。おいしいですよ」

粗塩も一味も柚子胡椒もみんなお盆に用意してあった。小皿が重ねてあって、箸まで何膳か揃えてあるということは、初めから私たちにふるまおうと思っていてくれたらしい。小皿が何枚あるか、箸が何膳用意されているか、数えなかった。先生は私のことを忘れずに勘定に入れてくれていただろうか。

「空がきれいだなあ」

隼の声に、私たちは空を見上げた。穏やかな水色の空にうっすらと白い雲が線を引いていた。

「さあ、食べごろですよ」

先生は網の上の油揚げにぱっぱっと粗塩を振り、

「ちょっと醤油を垂らすのもおすすめです」

手際よく小皿に取り分けて渡してくれた。

「あっ、むがっ」

隼が口をはふはふさせ、顔を真っ赤にしている。

油揚げは網の目に沿って焦げ目がついていて、表面がかりっと焼けている。ひとくち齧ると、中はまだ豆腐の面影がふわっと残っている。

「うまいな、たしかに」

あの人も口元をほころばせている。それから立ち上がって、一度店のほうへ消えたかと思うとまたすぐに戻ってきた。

「ほら、あんたも、ここすわんな」

作業用の丸椅子を両手に一脚ずつ持ってきて、先生と私にすすめてくれた。そうして先生に肩を貸し、ブロックから丸椅子へ移動させた。

「あ、苦いけどうまい、これ」

今度は蕗の薹だ。若い緑の芽の苦さと、甘さ、それに炭のなんともいえない香ばしさ。

「どうですか、佐古さん」

「おいひいれす」

先生が満足そうにうなずく。

「俺、ちょっとひとっ走り行ってくるわ」

「どこへ」

「烏賊とかさ、蛤とか、あと、なんだろ、茸かな。買ってくるよ。ここで焼いて食べたら絶対うまいだろ」

隼はもう立ち上がっている。

「ではお餅もお願いします」

「じゃ、マシュマロも頼む」

「マシュマロォ？」

あの人に向かって大げさな声を出している。

「網で焼いて食べるとおいしいんだよ」

「佐古さんは？」

隼が振り向き、あの人も、先生も、私を見た。

「私は」

言葉を呑み込んだ。

「私は」

三人が見ている。言葉が出ない。

「私は」

三人の表情がそれぞれに緩むのを目の端にとらえたけれど、やっぱりそれ以上はいえなかった。

「いいよ、いいからどんどん食べなよ。俺、すぐ買ってくる。あ、ドロリゲス借りていい？」

ロドリゲスだけど、といいかけたときには隼はもう庭から表へ姿を消していた。

私は――。私は、今このときを額装してしまいたい。いつでも取り出して眺められるように。ここだけを額縁で切り取ってしまいたい。この早い春の日が永遠に続けばいいのに。そうしたら、私たちは春と共にこの庭に留まる。

「食べすぎた」

猫背になった隼がソファで顔をしかめている。

「片腹痛いわ」

「隼。その言葉遣いは間違っています。片腹痛いのではなく、脇腹が痛いのではないですか」

「どっちでもいいじゃん」

背中を丸めたまま隼がうめくようにいう。

「まるで違います。片腹痛いというのは、誰かを傍から嘲り笑うことです。隼は誰かを嘲っているのですか」

隼はゆっくりと顔を上げた。

「相変わらずいやみだな、じいちゃんは」

「しかしですね」

先生は満更でもなさそうに続けた。

「人を嘲るくらいなら、嘲られるほうがいいのです、人間として。ただし、嘲られるのは私には耐えられそうもありませんが」

先生の顔を上目遣いに見ていた隼は、やがて目を伏せた。

「じいちゃんはやっぱりじいちゃんだなあ」

「あたりまえです」

先生が少し胸を張る。

うつろな目できょろきょろしている先生とはまるで別人だった。胸を張った先生が好きだ、と不意に思った。それから、そんなことを思った自分を恥じた。先生だって胸を張った自分が好きに違いなかった。

「少し疲れましたね」

そういった次の瞬間には、先生はもうソファの背に行儀よく背中を預け、孫の隣ですうすうと規則正しい寝息を立てていた。

押し入れから出してきた毛布を先生にそっと掛け、洗い物をするために台所に入る。すぐ後から隼も来た。

「手伝おうか」

にこやかな声だった。無理をしているのではなく、自然にいっているのがわかる。あまりにも気負いがなくて身内みたいな近しさだった。

「ううん、だいじょうぶ、すぐだよ」

七輪の焼き網が二枚と、箸が二枚、それに取り皿。洗うのはちっとも苦じゃない。だけど、そんなふうに声をかけてもらうのは、なんだかあれだった。もちもちしたあんころ。つくりたてのあんころ。温泉に浸かったあんころ。ただのあんころじゃない、すごくおいしい上等なあんころだ。

意識したこともなかったけれど、たぶん、初めてだった。誰かに手伝おうかといってもらったこと。それだけのことが、とってもあんころだった。

「じゃあ、俺はお茶でも淹れようかな」

隼が台所をうろうろしている。

「おなかがいっぱいすぎて苦しいんじゃなかったの」

「あのさ、じいちゃんって俺が満腹になればうれしいの。あと、寒い日にもこもこに着込んであったかいあったかいっていうのもよろこぶよ。腹いっぱいで暖かくしてれば満足なんだから、まるでガキ扱いだな」

「へえ」

おなかがいっぱいで暖かい。うん、わかる。保護する側としてはそれを確かめられればとりあえず安心していられるのだ。ふと父の顔が浮かんだ。父がひもじい思いをしていなくて、寒さに凍えていなければ、それでよしとしよう。ずっとそう思ってきたのだった。

居間のほうを振り返ると、先生はさっきと同じ姿勢でうたたねしている。今日はずいぶん張り切って網奉行をしていたから、すっかり疲れたのだろう。気持ちよく眠りについていてくれたらいい。何の不安もない、穏やかな靄のかかった満ち足りた眠りに。

この頃の先生は一度深く眠って目を覚ますと、正体をなくしていることが多かった。隼もそれを恐れているのだろう。隣でじっと先生を見ていた。黙って、口を一文字に結んで。何を考えているのかわからないけれど、隼にはあまり心配しすぎないでほしい。まわりの私たちの気持ちに陰りがあれば、それが先生の眠りに映るような気がした。

「紅茶がいいな」

私がいうと、隼は笑顔になってうなずいた。

「わかった。ダンシングだな。うんとおいしいのを淹れるよ」

ダンシングでもジャンピングでもスイミングでもかまわない。葉っぱがポットのお湯の中でゆうゆうと動きまわって気持ちよく開けばいいってことだ。そのイメージがあれば、言葉はなんだっていいのだ。

「あ、じいちゃん笑ってる」

見ると、先生はソファで目を閉じてほんのりと微笑んでいた。眠っていても、おいしい紅茶という言葉が耳に入って自然に笑顔になったのだろうか。もしかしたら、今このひと続きの部屋を満たす和やかな空気が気持ちよくて笑ったのかもしれない。

「元気で楽しかった頃の夢見てるんじゃないかな」

小さな声で隼はいった。

「だとしたら、いやだな」

聞こえなかったふりをして、お皿洗いに戻った。いやなことなんか考えなければいい。

「夢の中では身体も元気で頭もぼけてなくて、けど目を覚ました途端に現実を突きつけられるなんて、悲しいじゃないか」

「隼ってさ」

流しの前から振り返らずにいい返す。左手に小皿、右手にスポンジを持って。

「ちょっとばかだよね」

それから蛇口を捻って水を出す。私は悲しくない。身体が不自由になって、頭が思うように働かなくなっても、心は残っている。そんなのはあたりまえだ。先生は先生だ。あんなに大事に思っていた隼をもしも思い出せなくなっても、ときどきは自分のこともわからなくなっても、先生の大事なものは先生の中に灯(とも)っている。

「ごめん」

小さな男の子みたいな声だった。隼がうつむいていた。

「謝ることないよ」

水を止めて、お皿を水切りかごに立てる。それから隼のほうに向き直る。

「隼は悲しいんだから。謝ることはないよ」

　そういいながら、やっぱり少し腹を立てている。

「俺、悲しいって口に出したの、初めてかもしれない」

「そうなんだ」

　私もだ。私も生まれてから今まで一度も悲しいという言葉を実際に使ったことはなかったと思う。太いクレヨンで塗りたくった黒みたいな感情は、悲しいという単語ひとつに肩代わりさせてもはみ出してしまう。

　物差しを当てようとするのは楽になりたいから。測って安心したいからだ。意味を探す。価値を見出（みいだ）す。もしくは、意味のなさ、価値のなさを見つける。そしてもう、次を見ない。そこに留まってしまう。悲しいっていったら、悲しい以外の何物でもなくなってしまう。

「悲しいって、いってみたくなったんだ。なんだか渦潮みたいにさ、ごうごう鳴ってるんだ、胸のこの辺で」

　隼は口をへの字に曲げて鳩尾（みぞおち）の辺りを手でさすった。

「でも、悲しいは違った。口に出してみてわかった。悲しいんじゃない。うまく言葉にできない。じいちゃんのこと。ただ——」

　そこで言葉を切って、しばらく真剣な視線を宙にさまよわせた。その辺りに溶けている言葉を必死に捕まえようとしているみたいだった。

「あんたがいてくれてよかった」

ソファの先生が、また微笑んだように見えた。

ぴんと張った空気を切るように自転車を漕ぐ。ハンドルを握った指が冷たい。

三月も半ばだというのに、今朝は冷え込んだ。先生は冷えていないだろうか。ちゃんと暖かい毛布にくるまって眠れただろうか。それだけが気がかりで、家を早く出た。

母はまだ寝ていた。父は母に蹴り出されたらしく、居間の入り口のところでクロワッサンみたいに背中を丸めて、掛け蒲団一枚を身体にぐるぐる巻きつけて眠っていた。私が納豆と昨日の晩のおみおつけの残りで朝ご飯を食べていると、目を覚ましたらしい。蓑虫のような体勢のまま、

「なんだ、もう行くのか」

独り言のようにいった。蒲団からちらりと覗いた足には、白い靴下が半分脱ぎかけて履かれていた。

「それ、私の靴下じゃない」

指摘すると、父は丸まったまま、

「ん？　どれ？」

という。

「お父さんの履いてる靴下」

「俺は靴下は履いてない」

「だって見えてる」

「これか。これは脱いでる」

脱げかけているけど脱げてはいない。

「どうしていつも半分だけ脱いでるの」

前にも聞いたのと同じことを聞いてみた。

「完全に脱ぐと、あいつが怒るから」

「あいつって、お母さん？　どうして怒るの」

「ん、わかんねえよ。脱いだらその辺に放っておかないでちゃんと洗濯かごに入れろって」

わかってるじゃないの。そう思ったけど、私は黙って最後のひとくちを食べ終え、お茶碗（ちゃわん）を流しに運んだ。

「じゃ、行ってくるね。ご飯とおみおつけ、残ってるからね」

「おう」

最後まで顔を出さずに父は蒲団ごと身体を縮めたり伸ばしたりした。たぶん、あれで手を振ったつもりだったのだろう。

店に着いて、ロドリゲスを庇の下の端っこの目立たないところに停める。冷えて赤くなった指を戸にかけてから気がついた。私、今、店に着いたと思っていた。先生の様子が気になるから早く来たんだったのに、先生のお宅に着いたと思うより先に、店に着いたと思ってしまった。気持ちは額装に向かっていた。ああ、でも、早く先生の顔を見たい。先生と額装が私の右足と左足をそれぞれ動かしている。一歩、一歩、私を歩かせるのは先生と額装だ。

硝子戸の向こうで人影が動いた。

「おはようございます」

挨拶をしながら入っていくと、作業台に向いていた背中が振り向いた。隼だった。背恰好も雰囲気もまるで違うはずなのに、作業台の前にいると誰なのか区別がつかなくなる。

「おはよ」

隼は少し気恥ずかしそうな顔をしていたけれど、

「早いね」

私がいうと、うなずいた。

「気になってさ」

私も気になった。先生のことが。そして、たぶん隼と同じように、やりかけの額装が。

「先生に会った？」

「うん。今朝はいい感じだったよ。ご飯もちゃんと食べてた」

いい感じ、というのはこの頃私たちの間に編み出された表現だ。元気というほど元気ではなく、冴えてるといえるほど冴えてはいない先生の、それでも悪くはない状態を形容している。

「どうかな、これ」

隼は照れくさそうに額をこちらに向けた。あの、夏の海辺の恋人たちの写真を額装したものだった。

「うーん」

彼らは納期を過ぎても取りに来なかった。連絡先として書かれた番号にかけるとすぐに留守電に切り替わってしまう。

「変わった額装だね」

どうして隼の額装はこんなに目が回るんだろう。ぐるぐる回って、よろけそうになる。

「重心が定まらないっていうか」

ちょっと正直すぎただろうか。隼は顎をぐっと引いて自分の額装を見ていた。

「あの人に見てもらった？」

私が聞くと、隼は首を横に振った。

「教えられることなんて何もないっていわれたよ」

「あの人がそういったの？」

「うん」

どうしてだろう。私はたくさん教えてもらっている。これ以上ないほど教えてもらっていると思う。

「俺、額装は無理だわ」

見ると、隼が小さく両手を胸の前に掲げて笑っていた。この人は無理だとか駄目だとかそんなことばかりいっているような気がする。私もずっと無理だったし駄目だったから、気持ちはわかる。だけど、無理だとか駄目だとか口に出してしまうのは、ずるい。

「色の組み合わせがわかんないんだよ」

こちらに向けていた額を作業台の上に戻し、

「俺、色弱だから」

笑顔のままそういった。若干得意そうにも見えた。

「依頼してきたお客さんが見てる色と俺が見てる色は違うんだよね。佐古さんが見てる色とも違うしさ」

「それ、いいね」

「えっ」

隼の両眉が上がった。

そんなふうにはっきりと、誰かと見ている色が違うことを証明できたらどんなにすっきりするだろう。私が見ている色と、隼が見ている色は違う。たぶん、あの人が見ている色と、先生が見ている色も違うんだろう。みんな少しずつ、もしかしたらすごく大きく、違っているのだ。それを、色弱だからという理由で証明できるなら。

「蝶の話を聞いたとき、なんかすごくほっとしたんだ」

思い出せなかった。蝶の話。どんな話だったっけ。相槌を打てないでいると、隼は、

「話したことあったかな、蝶の視力は特殊で、人間には見えないものが蝶には見えてるらしいって」

それはそうだろう。蝶は蝶だもの。人間と同じものが見えていたとしたら、生きていくのがつらいんじゃなかろうか。きれいな花だとか、仲間の蝶だとか、天敵の鳥なんかもはっきり見えないと困るだろう。

「蝶には人間とは違うものが見えていて、人間にはわからない大事なもののところへ飛んでいくんだ」

「蜜ですね」

先生だった。いつのまにか先生は私たちが話している後ろに立って、背中で手を組ん

でいた。

「そうだね、蜜のあるところがわかるんだろうね。もしかすると、いちばんおいしい蜜を持ってる花がわかるのかもしれない」

「そうかなあ」

私は蝶じゃない。蝶の気持ちはわからない。隼が同意するのに、私は同意できなかった。

「おいしいかどうかじゃなくて、きれいかどうかなんじゃないかな」

「きれいよりおいしいのほうが蝶にとっては重要だと思うけど」

重要さでいったらそうなのかもしれない。でも、見えるものって、おいしさじゃなくてきれいさだ。花の価値が蜜のおいしさだけなら、あんなにきれいな花を咲かせることもないと思う。おいしいものがわかるためだけなら、特別な視覚を発達させる必要はない。蝶自身があんなにきれいな姿をしている必要もない。

「人間なんて見る目ないって、なんにもわかってないって蝶は思ってるだろうな」

そういったら、青い蝶がひらひらひらひら高くなったり低くなったりしながら楽しげに飛んでいくところが目に浮かんだ。ひらひら、きらきらきら。蝶は蝶にとっていちばんきれいに見えるものが好きだろう。そのきれいはもしかしたらおいしいを含んでいるのかもしれないけれど。

私は私にとっていちばんきれいに見えるものが好きだ。きれいにはきっといろんなものが含まれていて、私はそれを感じてきれいだと思い、好きになる。

「そういえば、蝶は足の先で味を感じるらしいですよ」

先生がいう。

「最近——たぶん、最近、だと思いますが——蝶は足で葉の味を捉えると何かで読んだ覚えがあります。幼虫の好む味の葉を足の先で嗅ぎ分けて、そこに卵を産むんだそうです」

「あ、それをいうなら、俺、蝶は羽で音を聞くって聞いたことあるな」

話が広がりはじめていた。

私は、私の蝶を胸に飼っている。まだ羽を開いたことがないだけで。人と同じようには見えたり聞こえたりしないかもしれないけれど、私には私の見え方があって、聞こえ方があって、私にとってのいちばんきれいなものを探している。

「どうしたんだよ、みんなで集まっちゃって」

母屋からあの人が出てきて、サンダルを履き、壁に掛けてあった黒い前掛けを取る。手を後ろへ回してその紐を結びながら、足取りも軽そうにこちらへ来る。それから、私たちが囲んでいた作業台の上の額縁に気づいて、手を伸ばした。

隼が緊張していくのがわかる。肩に力が入って、顔つきが険しくなり、息を詰めてあの人の表情を見ている。

「なんだこりゃ」

あの人は素っ頓狂な声を出した。

「どうしたらこんな額装が出てくるの」

そういって私を振り返ったあの人の手から、隼が額縁を取り返した。

「もういいよ、外すよ」

額縁の裏の留め金を乱暴に外し、薄い木の蓋を開けて中から写真を取り出す。それを作業台の上に置くと、額縁を持ったまま壁際まで大股に歩いていって、無頓着に積まれている額縁の山へ戻した。

「なんだ、隼だったのか。佐古さんの額装かと思ってびっくりしたよ」

隼は明らかに不機嫌な足音を立てて、そのまま母屋のほうへ行ってしまうかと思えば、こちらへ戻ってきた。

「俺で悪かったね。ああ、悪かったよ」

悪い中学生みたいな口調だった。

「何いってんだおまえ。おまえでよかったに決まってるじゃないか」

あの人の言葉に、隼は一瞬、はっとなったみたいだ。意外そうに何度か瞬きをした。

「佐古さんの額装だと思ったからさ、どうしちゃったのかと思ったんだよ。そうか、おまえなら、よかった」

「よかったって、それって、佐古さんじゃなくてよかったってこと」

ああ、とあの人がうなずいて、隼の顔に力ない笑みが広がった。

「そうだよなあ、どうせそうなんだよなあ」

「何いってんだ、おまえに向いてないのははじめからわかってただろ」

ごめん、隼。私が引っ張り込んだから。

割って入りたかったけれど、そんなことをしても意味がないと思った。場をくるりと転換させる、おいしそうな、うれしくなるようなお菓子の名前もひとつも思い浮かばなかった。

「俺、明日っからまじめに仕事探すわ」

隼がいった。

「何をいっているんですか」

すかさず先生が窘(たしな)める。

「隼、明日からといわず、今日から探しなさい」

うなだれる隼に先生はさらに追い打ちをかけた。

「今日、今このときしかないと思いなさい」

先生が続けた言葉が私を揺らす。今このときしかない、という感覚は、きっと先生の中から切実に湧き上がる思いなのだと思う。

「今このときしかないんなら、仕事なんて探すかよ」

隼はふてくされたようにいい放った。

表の硝子戸を開けて出ていく隼をぼんやり見ていた。どうすればいいのかわからなかったけれど、先生もあの人も知らん顔をしているということは、きっと私が行ってもいいんだろう。

外は寒かった。覚悟して出たつもりだったのに、それでもやっぱり風が冷たい。早足で歩くと、すぐに隼の背中に追いついた。隼はちらっとこっちを見て、歩を緩めた。追いかけてくると思っていたのか、ぜんぜん驚いてもいないみたいだ。

「口にしちゃいけない言葉っていうのがあると思うんだよ」

まだ声を尖らせていた。

あの人がいった「おまえでよかった」や「向いてない」などという直截的な言葉に引っかかっているのだと思う。

「ごめん」

「なんで佐古さんが謝るんだよ」

私が悪かったと思う。初めから隼はやりたくないといっていたのだ。それを無理矢理巻き込んだ。向いていないとあらためていわれて、それで何もかも片がついてしまったような気持ちになったんだろう。

「まあ、向いてないってはっきりいわれたほうがよかったんだよ。それにしても早かったけどさ。俺、飛び出してくる勢いがほしかったんだ。何度行ってもうまくいかないから、つい中断しちゃってたんだけど」

隼は歩きながらちょっと笑った。

「何を」

「ん」

隼は足を止め、

「ほら、戻ろう。寒いし」

ジーンズのポケットに突っ込んでいた右手を出して、私の背中を今来た道のほうへ押しやった。

「中断してるって何。隼は何をしてるところだったの」

私が聞くと、隼は耳の後ろを掻いた。

「就活。ハローワーク。俺、働くのが夢なんだ」

働くのが、夢。もしかして、隼は働いたことがないんだろうか。

「就職決まらなかったから、ずっとバイトだったんだけど、それも長続きしなくてさ」

「どうして」

「どうしてって俺に聞かれてもなあ。こっちが聞きたいよなあ」

隼はまたポケットに両手を突っ込んで、灰色の空を仰いだ。それから、肩を竦めるようにして、寒、とつぶやいた。

「俺、ばかなんだよ」

隼は笑いながらいった。

「頭が悪いから、どこも勤まらないの」

「ええっ」

隼はぎょっとして私を見た。

「ちょ、驚きすぎ。声大きすぎ」

「だって、隼は頭悪くないじゃない。ばかじゃないよ。隼でも勤まらないってどんな会社なの」

そういったら隼は道端で楽しそうに笑った。

「佐古さんは自由だなあ。俺、今までバイトした職場でいつも怒鳴られてばっかりだったよ。ばかだし、怠け者だし、根気はないし」

「でも私の前では隼はばかじゃないし、怠け者でもないし、根気ないところも見えなかったから」

歩いてきた道を引き返しながら、隼は声をひそめた。

「あのさ、ばかって孤独だよ」

「え」

私は隼のほうを向き、隼の顔を真正面からまじまじと見た。いつもとまったく違う顔に見えた。顔の真ん中に暗い穴が開いていて、そこにひゅっと吸い込まれてしまいそうになる。ばか、はわかる。私もさんざんいわれ続けてきたから。でも、孤独、だなんて、知らなかった。隼はぜんぜん孤独そうには見えなかった。

「いや、さっきの、口にしちゃいけない言葉の例だな。ひとつ、ばか。ひとつ、孤独」

ばかはまだわかるけど、孤独も口にしちゃいけないのか。どうして、と聞こうかと思った。穴に吸い込まれそうになるからか。でも、それも口にしてはいけない質問なのかもしれなかった。隼が口にしちゃいけないと思うのならきっとそうなんだろう。私は、孤独について考えたこともなかったから、いいも悪いも、好きも嫌いもなかった。

孤独っていうのがどういうものなのか私にはわからない。自分がそうなのかどうかもわからない。ただ、私にわかるのは、その言葉は私にとってそれほど重要ではないということだ。

共有する体験、分かちあう感覚。はじめから、ない。共有できるとも、分かちあえるとも期待していない。だから、私は弱いんだと思う。誰ともわかりあうこともできず、いつもひとりでいる。それを、つらいともさびしいとも思わない。

「佐古さんは強いよ」

　もうすぐ店というところまで来たときに隼はいった。

「それに、佐古さんは大きい。じいちゃんみたいな偏屈も、親父(おやじ)みたいな偏屈も、そんで俺みたいなのも、拒絶しないでいてくれる」

　顔は元に戻っていた。ぽっかり開いていた穴はもう見えなかった。だけど、隠れただけで、やっぱりどこかに開いているんだろう。俺みたいな、という口調が耳に残った。俺みたいな、何だろう。

　先生の偏屈とあの人の偏屈は違う。隼の偏屈も違う。そもそも先生やあの人が偏屈だとも思わない。先生には先生のかたち、あの人にはあの人のかたちがあって、もちろん隼は隼で。それが偏屈なのかどうかは私にはよくわからないのだ。

「俺は、受け入れようと考えてる時点で拒んでるのかもしれないな。ひとつ垣根があるっていうかさ」

「ごめん、隼。むずかしいことはよくわからないよ。でも、違う。私は大きくなんかない」

　違うんだよ、隼。私は誰のことでも受け入れて、誰にでも受け入れられるような人間じゃぜんぜんない。受け入れてくれるのは、ここだけだ。先生と、あの人と、隼だけなんだよ。——そう思ったけれど、口には出さなかった。孤独といわれたら、これが孤独なのかもしれなかった。

「俺がいる意味なんてないなぁってずっと思ってきたんだ。でも、不思議なんだよ。佐古さん見てるとさ、俺がいてもいいいんじゃないかって」

私は隣を歩く隼の顔を見上げ、この耳が捉えた隼の声をもう一度反芻(はんすう)する。

「私がいてもゆるされるくらいだから、隼がいてもいいってことかな」

隼は驚いた顔で私を見た。

「違うよ。どうしてそんなふうに取るんだよ」

他にどんなふうに取ればいいのかわからない。

「佐古さんがいるところに俺がいられないのは残念なんだ。もったいないと思っちゃう」

耳に雑音が入っているわけではないのに、意味がわからなかった。この人は何をもったいないといっているのか。

保育器には入れませんと宣言した母と父の十九年前の決断を恨む気持ちはない。だけど、隼の話す言葉を理解するくらいには育っていたかった。そう思ったら、なんだか鼻の奥がむずむずと痒(かゆ)くなった。

「そっか」

私が間違っていた。どうして今まで気づかなかったんだろう。

「お母さんとお父さんのせいにするからいけなかったんだ」

「何？　何の話」

隼が怪訝そうに聞き返す。

「ううん」

小さく生まれたことを言い訳にしてきた。しかたないと思っているつもりで、ほんとうにはしかたないとは思っていなかったのかもしれない。

色弱だから色のことはわからない。ばかだから考えられない。早産だったから半人前だ。それはそうかもしれない。だけど、誰もが偏っているんじゃないか。ばかだから、早産だったから、見える景色や聞こえる音もあるんじゃないのか。いつまでも聞こえないふりをして耳を塞いでいちゃつまらない。

「隼はばかじゃないよ」

見上げると、隼は目をぐるぐる回して舌を出してみせた。

「ばかだよ。見てのとおり」

ばかじゃないって。ううん、ばかでもいいんだけど。私にとってはばかじゃない。

「仕事がんばってね」

隼は口をへの字にした。

「だからさ、その仕事がないんだってば」

それからちょっと笑って手を振って、道を戻っていった。

店に入ると、先生もあの人もいなかった。

静かだった。

硝子戸を閉めて、作業台の前に立つ。ゆっくりと呼吸を整える。今日額装する予定だった絵を取り出す。それで、もう、準備はできている。

天井で、壁で、部屋のあちこちでささやかれる無数の言葉たち。それらが膨らんだり縮んだりしながらくるくるっと渦を巻いて降りてくる。湯船の栓を抜くと最後に渦巻きをつくってお湯が一点に向かって流れ込むように。そんなふうにして、いったん言葉が絵の中に収まる。

ひっそりと静かになって、初めてほんとうに聞きたいことが聞こえる。ほんとうはとっくに聞こえていたのかもしれない声たちの中から、聞きたいものだけが飛び込んでくる。

言葉、ではないだろう。でも、画像でも映像でもない。色、情景、記憶。

ここにいると、いろんな声が聞こえる。聞きたくなかった声が聞こえてくることもある。でも、それはあたりまえのことだから。全部聞くなんてこと、もともとできないから。ここで聞こえる、ここで聞きたい、聞かせたい声を拾って額装していけばいいんじゃないか。私の目で見て、私の耳に聞こえたものを信じよう。絵を見ながら、静かに呼吸を繰り返す。この絵の声をきれいに響かせる額縁を見つけるために。

あ、と思った。準備はできていたはずなのに、駄目だ。震えている。身体の芯から両足に振動が伝わってくる。

怖い。

ばかだなあ、私。さっきまで平気だったのに。怖い。大事なものに気づいたら、守りたくなっている。それを脅かすものが怖い。この場所から外に出ていくのが、今は、途方もなく怖くなってしまった。


「佐古さん、どうかしましたか」

はっと振り向くと、先生が母屋の戸口のところに立っていた。

「仁王立ちになっていますね」

そういいながら、母屋からの階段を下りてこようとして、少しふらついた。もともと左半身が不自由で、この頃はだいぶ体力も落ちてきている。駆けていって支えてあげたい衝動を堪(こら)えた。先生は余計な手助けは嫌いだろう。

「怒っているように見えますが」

「怒ってません」

私が答えると、眉間(みけん)の皺(しわ)が消えて代わりに目尻に皺が寄った。先生の笑顔にはお年寄りなんだか子供なんだかわからなくなるようなあどけなさが漂う。

「それでは、もう少し膝の力を抜かないと」

「あ、はい、膝ですね」

ちょっと膝の辺りを緩めると、ほんとうだ、入りすぎていた力が抜けていく。先生はゆっくりと私の近くへ寄ってきて、額縁を覗いた。そして、

「春の色ってどんなでしょう」

と尋ねた。

「どんなでしょうね」

私も一緒に額縁の中を見、それから顔を上げて窓の向こうを眺めた。今年は少し遅いけれど、きっともうそろそろだろう。

「今にあの窓から春が見えますね」

そういったとき、春めいた陽射しが私の上にさあっと降り注いだような感じがした。

夏の海辺のふたりの額装が秋めいていたとしても、いいんじゃないか。不意にそう思った。夏に閉じ込めておくことはない。夏も、海辺も、ふたりも、続いていくんだ。かたちを変えて、たとえ秋になっても、海に嵐が来ても、ふたりがひとりになったとして

も、続いていく。

「額装って、過去を懐かしんだり、覚えておくためだけにするんじゃないんですね」

自分の声が自分の耳に届く。何をいっているのかよくわからなくなる。わかったと思ったことも、一瞬のうちに過ぎ去って、またわからなくなっている。ずっとわからなかったことが、ふわっとわかるようになることもあるんだろう。

「なるほど、そうかもしれませんね」

先生は、葉っぱのついていない柿の木が見えるきりの、後はもうすぐそこに隣家の軒先が迫る窓の向こうのほうに目を遣りながらうなずいてくれた。

「つまり、今を楽しむために額装するんですね」

驚いて、先生の顔を見てしまった。穏やかな顔をしていて、ほっとした。先生は「今」っていい過ぎる。前からこんなに、今、今、っていっていただろうか。もっと、こつこつと未来に向けて、過去をさらって、生きている人のように見えた。こつこつ、こつこつと。

「先生」

今を楽しもうと決めた人に余計なことをいってはいけないだろう。さっき、隼を引っ張り込んで申し訳なかったと思ったばかりだ。でも、先生にこそ、必要だと思った。

「今のためだけでもないんじゃないでしょうか。思い出のためにも、これからのためにも、額装することがあると思うんです」

差し出がましいとか、私のくせにとか、いつもなら思うことを思わなかった。思いそうになったのを、頭の中で必死に追い払って、ひと息に続けた。

「先生、額装してみませんか」

先生は窓の向こうの景色から、ゆっくりと私に視線を移した。

「何を額装しましょうか」

「そうですね、何がいいでしょうね」

「何がいいでしょうねえ」

先生はうつむいて、ふふ、と笑った。


「おまえ、変わんないなあ」

笑いを含んだ声で父がいう。

私は自分の蒲団を敷き、昨日は寒かったとこぼした父に一枚毛布を分けてあげたところだった。

「小さかった頃とおんなじだよ。昔もよくそうやって歌ってたよな」

「へえ」

歌なんか歌っていた覚えはない。今も昔も私はそんなに陽気な娘ではなかったはずだ。

父はやっぱりどうにかして私のことを変わっていないと思い込みたいんだろう。

「その歌さ」

その歌というのがどの歌のことなのか、とっさに理解できない。

「もしかして、今、私、歌ってた？」

父の眉が左右で段違いになっている。

「気づいてないのかよ」

それから顔をくしゃっとさせて首を振った。

「おいおい、歌ってただろ。歌ってたよ。ひとりごとの歌バージョンみたいなもんか。無意識のうちに歌ってるなんてな」

「へへ」

私も一緒になって笑った。笑うところじゃない気もしたけど。

「で、その歌だけどさ」

「うん」

「なんかいいことあったんだな」

父は笑顔のままでいった。

「昔も、おまえ、うれしいときは決まってその歌を歌ってたよ」

「何の歌？」

「あれだよ、たりら〜」

たりら〜、は間違いなく、あれだった。

ガーシュウィン。「サマータイム」の冒頭、サマターイ、の部分。

「ねえお父さん、じゃあ私、今、うれしいってこと？」

「うーん」

父はまじめな顔になって腕組みをした。

「そういうことなんじゃないかな」

「サマータイム」はうれしい歌でもしあわせな歌でもなかった。それでも、いいことがあったときに、しらずしらず口ずさんでしまうほど、私はあの歌が好きだったのだ。

父がいたからだ。父があの歌を好きで、私は父をいつも見ていて。

「で、おまえは誰がめあてなの」

めあて、という言葉が行き場を失って鼓膜の外側でくるくる踊った。めあてってなんだっけ。学級のめあて、というのがそういえばあった。クラスの目標を、毎月の初めの学活の時間に決めるのだ。明るく挨拶をします。友達にやさしくします。掃除のときはしゃべりません。

でも父は、誰が、と聞いたのだった。

「誰って、何」

「何って、なんだよ」

父はおもしろそうに聞き返した。

「だって、三人いるんだろ、その家に。先生と、若いのと、あともうひとり。誰がおめあてなんだって、あー、そうか、おめあてって今はいわないんだな。なんだ、ほら、その」

いいあぐねている間にわりとどうでもよくなったみたいで、父は首の後ろの辺りを掻いていたかと思うと、やがてごろんと畳に寝転がった。

青い蝶の夢を見た。細い胴体、細い手足、そしてちぎれそうな羽を精いっぱいはためかせて飛んでいる、その蝶は私だ。風が吹けば飛ばされそうになり、雨が降れば打たれて地面に叩きつけられそうになり、そのたびにもう駄目だと思いながら、地面すれすれのところでまだ飛んでいる。大きな葉の陰に入り、雨宿りをする。身体が冷えて羽が小刻みに震えている。視界がけぶって見える。泥の匂いがして、草の匂いがして。でも、濡れたはずの足の先が甘みを捉える。こんなときに、おかしい。だけど、気持ちは足の先に向いている。たしかに、この葉は甘い。柑橘系の素晴らしい香りが足の先から伝わってくる。私はうっとりと目を閉じる。ここに卵を産めたらいいかもしれない。

いつのまにか、葉の陰に陽の光が射している。雨は止んでいる。向こうの葉っぱの葉脈に沿って転がった雨の滴がシャボン玉みたいに輝いた。
光る、光る。私は空へ羽ばたいていく。花が青く咲いている。こんなにきれいだよ、蜜が甘いよ、と呼んでいる。仲間の蝶が来て、しばし戯れる。きれいだ。人には見えなくても、私には見える。あなたはきれいだ。こんなにきれいだ。私たちはこんなにきれいだ。

そこで目が覚めた。目が覚めてもまだ私は蝶の気分だった。羽を動かそうとして、肩が動いた。私には羽がなかった。そのことに慣れるまでにしばらく時間がかかった。私は蒲団にくるまったまま、羽のない自分の身体を自分で抱きしめていた。羽はない。だけど、自分を抱きしめる腕ならある。細くても自由に動く腕がある。ゆっくりと両手を顔の前に持ってくる。両手を広げてみる。私の指はこんなにがっしりしていただろうか。ほしいものをしっかりとつかんで離さないように。掌に刻まれた運命線は、生命線は、こんなに太く力強かっただろうか。

静かに息を吸って、吐く。吸って、吐く。音もなく、店の空気が私の肺を満たし、私の呼吸が店に溶ける。私と店が混じり合う。店には、どれくらいあるのか数もわからない絵、写真、額縁とマット。大きな作業台と小さな作業台、入り口近くにはレジ台、それに丸い木の椅子が三脚、お客さん用の黒い肘掛椅子が二脚。そして、それらを覆う目に見えない霧のような粒子。

店は北向きに建っていて、真昼でも直射日光が入ることはない。東側に窓があるせいで、朝のうちはそれでも部屋の半分くらいまで陽(ひ)が届く。お昼を過ぎるとそれが陰りはじめ、やがてまだ夕刻にもならないうちに薄闇に包まれる。

ここでは誰も私を急(せ)かさない。あの人が仕事をしていて、母屋には先生がいて、私は黙々と額装をしていればいい。ときどきあの人に頼まれたお使いに出たり、ときどきは先生の様子を見に行ったり。ここにいると、息をするのが楽だ。

私は依頼された絵を持って、お店の中をぐるぐる歩く。この絵をいちばんいい額縁に引き合わせるために。

朝の白い光と、昼の黄色い光とでは光の性質が違うから、必ず両方の光の下で試すこと。午後に明かりをつけるなら、白熱灯と蛍光灯、両方試すこと。――それだけはあの人に教え込まれた。

さまざまな光の下で見ているうちに、依頼者がこの絵を見るのはどんな光の当たる時間なのかと想像が巡りはじめる。依頼者はそのときどんな気持ちでいるのか。誰かと一緒に見るのか、ひとりなのか。お茶を飲むのか、お酒なのか。

じっと絵を見つめていると、いつのまにか呼吸の軸がずれている。吸って、吐くときに、身体が捩(ねじ)れるような、胸の芯がきゅうっと切ないような、この感覚。自然に呼気が短く浅くなったら、その感覚に身を委(ゆだ)ねてしまえば、絵の中に入っていける。絵の中を自由に歩き、そこに流れる音楽を聴き、声を拾い、色彩を浴び、やがて額装のイメージができあがる。

それはたぶん、一瞬のことなのだと思う。いつもうまくいくわけでもない。それでも、絵の中に入っていけたときの額装には揺るぎがない。マットと額縁を選び、あの人に見てもらう。あの人はいつも少し驚いたような顔をし、それからうなずいてくれる。

あの人がうなずいてくれることか、絵に入ってしまう瞬間のことか、額縁を選べることとか、どれがこんなにあんころなんだろう。そう思ってから、手ぬるいな、と感じる。あんころじゃ、ない。もう、あんころじゃなくなっている。それなら何なのか、まだよくわからないのだけれど。

先生はぼんやりと新聞を眺めていたり、突如立ち上がって歩きまわったり、よく意味のわからないことを話しはじめたりすることもあったが、たいがいはソファでうたた寝しているようになった。斑(むら)のあった食欲は少しずつ落ちてきていた。七輪で蕗(ふき)の薹(とう)や茸(きのこ)を炙(あぶ)って食べた日が、たぶん海を見下ろす丘の最後の平らな部分だったんだろう。先生はゆっくりと、でも確実に海へと下りはじめている。

それでも、しゃんとしているときの先生はやっぱり先生だった。ふと私を見て、顎を引きなさい、という。

「慢心しているとき、人の顎は上がるのです。だから、いつも顎を引いていなさい」

かと思うと、いきなり険しい顔つきになって、美佐子さん、と声を荒らげたりする。

「美佐子さん、使ったものは元の場所に戻してください」

先生の指した棚はなるほど乱れている。こけしに爪切り、うちわ、キンカン、漢和辞典、地区の広報紙、碁石、赤インク、手拭い。だけど美佐子さんって誰だ。私は佐古だ。私が片づけてしまっていいんだろうか。こういうときの先生は先生じゃないみたいに厳しい口調になる。先生の七十九年分の過去のどこかに美佐子さんという人が生きていたんだなあと思う。私はその七十九年目にたまたま会って、たぶん先生の人生に名前を残すこともないだろうけれど、今こうして近くにいられるから、それでじゅうぶんだった。

いい感じのときの先生は、気が向けば店のほうへ出てくることもある。そうして、あの人によって額装されたばかりの絵をじっと見ていたり、店の隅に積まれた額縁を眺めていたりする。

「好きな額縁を持っていっていいっていうから、当然くれるんだと思いましたよ」

先生は憤然と訴えた。

「そしたら、原価でいいって。年金暮らしの父親に、鬼です」

隼は、先生が額装することが不安だったみたいだ。

「今からじいちゃんに新しいことをさせたら戸惑うよ。額装なんかさせちゃ酷だ」

そういっていたけれど、先生が思いのほか熱心に額縁を選んでいるのを見て気持ちを変えたらしい。

「それにしても何を額装するつもりなのかな」

内緒です、と先生はきっぱり首を振り、決して見せてくれようとしない。

ただ、疲れやすくて長くは続けられない。母屋に戻り、ソファに身体を横たえるともう目を瞑(つむ)っている。

「早く仕上げてしまいたいのは山々ですが」

先生は目を閉じたまま、心配して様子を見に行った私に話しかけてきた。

「ゆっくりと選びたい気持ちもあるのです」

はい、と私はうなずく。

「先生の額装が完成して、見せてもらえる日が楽しみです」

先生は少し口元を緩めただけで、何も答えてくれなかった。そしてそのまま眠ってしまったようだった。

先生の寝顔を見ていたら、きゅるきゅるきゅるっと時間が巻き戻されたような錯覚が起こった。おじいさんになる前の先生。あの人と同じ歳恰好(としかっこう)の先生。黒い髪がふさふさした青年だった頃の先生。賢そうな学生時代。野球帽を被(かぶ)った小学生。おかっぱ頭の保育園児。立ち上がって歩き出した頃。おくるみに包まれて泣いている赤ん坊。その赤ん坊がどんな人生を送ってきたのかよくは知らない。いいときも、そうでないときもあって、笑ったり怒ったりしながらそれを乗り越えてきたのだろう。赤ん坊は七十九年をかけて先生になった。

自分の軽さをつくづく思う。私は何も持っていない。それでも、先生には「今」しかない。私にあるのも「今」だけだ。そういう意味で、先生と私は対等だ。「今」このときを捕まえて味わいつくさなきゃいけないのは同じなんだ。

話したり、ご飯を一緒に食べたりすることも、「今」を大事にすることだと思う。でも、ここには額がある。額装することで私たちははっきりと「今」を捕まえることができるのではないか。

眠っている先生が、ふ、と笑った。邪気のない顔だった。その邪気のなさに胸が苦しくなる。「今」がある、と思うか、「今」しかない、と思うか。――どちらにしても、きっと、もうあまり時間はない。

自分ひとりだけでそこへ行くのはどんな気持ちだろう。住み慣れた和やかな場所から離れ、まったく知らない場所へひとりで向かうのは。戻れないとわかっていて歩いていくのはどんなに勇気がいるだろう。それとも、そこはよく知っている場所なんだろうか。

「先生、ずっと見守っています」

小さな声で約束する。先生の耳に届いたかどうかはわからない。

少しずつ明るくなってきた空が、今日はもうすっかり水色だ。いつほころびはじめてもいいような蕾(つぼみ)の匂いを、自転車で走りながらそこここに感じる。中学校の校庭の脇を走っているうちに、前方に見覚えのある後ろ姿が目に入った。近づくと、自転車の音に気づいたらしい隼が振り返った。

「おはようドロリゲス」

私にではなくロドリゲスに先に挨拶をする。それから顔を上げて私を見た。

「おはよう」

自転車を降りて隼の横に並んだ。そのまま黙って用水路に沿って歩く。もう春休みだろうか、中学校は窓が閉められていて生徒たちの気配がない。

「あのさ、こないだのことだけど」

隼は前を見たまんまでいった。こないだのことってなんだろう。

「謝らせて悪かったなと思って」

きまり悪そうに長い足でひょいひょい歩く。

「謝らせられたっけ」

ほんとうに覚えていなかった。

「うん。俺が店を出て歩いてたら、佐古さんが来てくれて、ごめん、って。俺、ほんとはありがたかったのにさ」

「あ」

ごめん。――引っ張り込んでごめん。そういえば、謝った。

思い出すのと同時に、ぱちんと何か銀色の玉が弾(はじ)けたみたいなまぶしい驚きを感じた。

私、謝れるんだ。

人に対して、自分が悪いと認めて、ゆるしを請うことができるんだ。これまでの私は、人にちゃんと謝ったことなどなかった。挨拶として、お辞儀か会釈みたいなものとして、便宜上「ごめんね」という以外には。とりあえずその場をしのぎたいから「ごめんね」と発する。それで通してきた。

でも、あのとき隼に謝ったのは、挨拶じゃない。私は隼を巻き込んで悪かったと思い、できればゆるしてほしいと願った。

「願ったんだ」

声に出してみたら、それがとってもあんころなことのように思えた。

ううん、あんころじゃない。もう認めなきゃいけない。あんころではごまかせない気持ち。そうやって、言葉を別のものに置き換えることで守ろうとした自分に手を振ろうと思う。よくそんな方法を考えついたね、必死だったんだね。だけど、守りたかったあんころは、大事にしまったはずの棚の中で、いつのまにか干涸(ひから)びてしまっている。取り出したときにはかちかちで、黴(かび)が生えてしまっているかもしれない。

「謝ることができるっていうのは——しあわせなことなんだね」

おそるおそる言葉にしてみる。しあわせ。素晴らしくあたたかいもの。そうありたいとも願わなかった。願ったり望んだりしてはいけないものかと思っていた。だから、謝ることもなかった。

「俺、佐古さんが謝るの聞いて、嫌だったんだ」

「うん」

「謝らせた自分が不甲斐(ふがい)なかった」

「私はうれしかったのに」

「えっ」

隼は首を曲げて私を見、どういうことかと考えあぐねているようだったけれど、私にはうまく説明できそうもなかったので放っておくことにした。隼もそれ以上聞かず、話を戻した。

「額装に向いてないっていわれたのも、あたりまえだよな。俺、気持ちが額装に向かってなかった。ほんとは仕事探さなきゃいけないのに、そっちを向くのが怖かったから、こう、しかたなく横目で見る感じ、額装でも何でも」

そういったかと思うと、

「あっ、ちょっと、寄っていってもいい？　肉まん食べない？」

角を反対側に曲がった先のコンビニを指した。

「肉まんはべつに食べたくないよ」

「じゃあ、あんまんは」

「あんまんもべつに」

「そんじゃ、カレーまん」

まんがいいんだろうか。今、そういう気分なんだろうか。

「せっかく奢（おご）ろうと思ったのになあ」

曲がり角で立ち止まったまま、隼が不服そうに口を尖らせる。

「奢る……ってことは、もしかして」

顔を見上げたら、隼はにしと笑った。やっぱり親子だ。笑い方があの人によく似ている。

「仕事、決まったんだね」

「ん」

それから、小声で付け足した。

「ま、結局バイトなんだけどさ」

さらに何かいおうとして口を開きかけたけれど、やめにしたらしい。

「ありがとう」

私がいうと、隼は、

「あ、カレーまんがいいの？」

と機嫌よくいった。

「うん」

ありがとうとここでいったことを後になって思い出すかもしれないなと思う。灰色っぽい町にやわらかな陽射しが注いだ日、コンビニの見える角のトマレのところで、私は隼にありがとうといった。自信はないけど、たぶん、きっと、私はずっと覚えている。

ありがとう。

「ありがとうって誰かに対して思ったのは初めて」

コンビニの前で告白すると、隼の眉毛がぴゅっと飛び上がった。

「げっ、ほんと？　佐古さんって何様？　しかもカレーまんひとつで？　わけわかんね」

首を捻りながらコンビニへ入っていった。

怖かったんだ。うれしい気持ちに光を当てたら、その影で悲しい気持ちが濃くなる。楽しいを自覚したら、さびしいにも目覚めてしまう。悲しいとか、さびしいとか、怖かった。うれしいも、楽しいも、怖かった。だから、どこにも依らずに中間のあたりでゆらゆら漂っていた。

悩みなんてなかった。いつもどこでも勘定に入れてもらえなかったけれど、どうということでもなかった。はじめから求めていないんだから。

いつも治外法権だった。これからの私は私の自治権を持つ。うれしいも悲しいも、素晴らしいもなさけないも、かっこいいもみっともないも、私が引き受ける。

春の風が吹いて、くしゃみが続けてふたつ出た。

「なかったよ」

戻ってきた隼は手ぶらだった。

「カレーまん、置いてないって。何まんでもいいかって思いかけたけど、ありがとうっていったことのなかった佐古さんの初めてのありがとうだからなあ」

　コンビニの駐車場を戻りながら困った顔をしている。

「この辺、他に店ないよな」

「あの、カレーまんにありがとうっていったわけじゃないから」

　隼はちょっと笑って私を見た。

「そりゃそうだ、俺にいってくれたんだろ」

「そうじゃなくて、あ、そうなんだけど」

　説明するのがむずかしいことばっかりだ。

「いいよ、俺も、ありがとうっていわれるとうれしいって、考えてみたらすげえ原始的なことを、たしかに初めて知った気がするわ」

　あはは、と隼はポケットに手を突っ込んで笑った。あはは、と私もロドリゲスを押しながら笑った。

「俺たちってさ」

　店へ向かいながら、隼が水色の空を見上げた。

「低いね」

「ああ、うん」

　何が、とは聞かなかったけれど、いわれてみればいろいろ低い気がした。

「ありがとうが初めてとか、小学生以下じゃないかな」

「うん」

でも、いいよ。初めてってうれしいよ。そうはいわずに黙って歩く。低いところで、小さいところで生きている。

「じゃ、また。帰りに顔出すかも」

「うん」

「出さないかも」

「うん」

小さく手を振ると、隼は駅の方角へ早足で去っていった。


店にはもう先生がいて、隅のほうで腰を屈めて何かがさがさ探しものをしていた。

「おはようございます」

挨拶をしても聞こえないらしい。先生はこちらを振り向かなかった。すぐそばまで近づいて、もう一度、

「何かお手伝いしましょうか」

声をかけると、驚いたように手を止めて振り返った。

「ああ、佐古さん、おはようございます」

柔和な笑顔にほっとする。このままずっと春が続けばと思わずにはいられない。

「ご親切に。でも、これは自分でやらなくては意味がありません」

きっぱりといってから、表情を緩めた。

「額装というのも、これでなかなかむずかしいものですね」

「ええ」

それからゆっくり腰を伸ばし、背中に拳（こぶし）をあてて身体を反らした。

「これが正解だとわかれば楽なんでしょうが、どれも合っているようで、どれもどこか物足りないようで」

「ええ」

「もしもこれを職業にしていたら、毎日正解のないものと格闘して、毎日迷っていたかもしれません。いやいや、とても身がもちません」

先生は少しうれしそうだった。もしかしたら、あの人のことを見直しているのかもしれなかった。

「息子は、若い頃、画家になりたかったんです」

ぽつりと漏らした。

「美術の学校で学びもしました。だから自分でもある程度は描けるはずです」

「そうでしたか」

「色の組み合わせ方なぞ、さすがに見事ですね。素人の私が感心するくらいですから、ちょっと絵のわかる人ならどれくらいよろこぶことか」

素人だからよろこぶのだとは考えないところに、あの人への敬意がのぞく。

でも、自分で描くのをやめて額装に専念するようになったのは、どうしてだろう。あきらめたということだろうか。

「あのさぁ、そういうつくり話するのやめてくんない？」

わっ、と声を上げてしまった。あの人がいるのを知らなかった。先生は目を逸らして素知らぬ顔をしている。どうやらほんとうにつくり話らしい。とはいえ、まったく根も葉もない話というわけでもないのではないか。先生の記憶ではそれが事実に近いのかもしれないし、もともとは実話なのかもしれなかった。

「なかなか決められませんね」

あの人が持ち場へ戻ったのをさりげなく確認して、先生は手にしている絵のほうへ視線を落とした。

「もしよかったら、見せてください、その絵」

私に何ができるわけじゃない。手伝ってほしくないのもわかっている。でも、先生がどんな絵を額装しようとしているのか、知りたかった。

「ふふ、恥ずかしくて見せられません」

子供みたいに先生は絵を後ろ手に隠した。そうして、

「好きなようにやるのがいちばんですね」

自分にいい聞かせるようにつぶやいた。

「ええ、そうです、好きなようにがいちばんです」

「そして、その、好きなようにがむずかしい」

私たちは顔を見合わせて目で笑った。

「好きなようにやっても好きなようにはならないんですよね」

うまくいえないけれど。

「揺れます」

正直にいった。

「これでいい、これがいちばんいい額装だと思っても、次の日にはもう違って見えるんです」

先生はうなずいた。穏やかな顔に首の筋が目立って見えて、また少し痩せたのかもしれない。

「当然です、あなたはもう昨日のあなたとは違うんですから」

私もうなずいた。今日の私と昨日の私にはいったいどこが違うだろうと思いながら。

「だから今度はあなたが訪ねていけばいいんです」

訪ねる、という言葉から、ドアをノックする自分の手が思い浮かんだ。その手が、ドアを、ああ、違う、硝子戸を開けるイメージが浮かぶ。そうだ、私は訪ねてきた。

「あの、どこを訪ねればいいのでしょう」

ほんとうは、聞かなくてもわかっている。この家だ。先生と、あの人と、ときどき隼がいる、この家を訪ねればいい。

「どこへでも、あなたの行きたいところを訪ねるんですよ」

なんだか謎かけみたいだ。先生は私の目をしっかりと見つめた。

「あなたは若い。絵や写真を見て、感じることはさまざまでしょう。あるいは何も想像できないときもあるかもしれない。それは、よくもわるくも、あなたが感じ、あなたが想像するからです。訪ねていけば、相手も応えてくれるはずです。そこに誰が待っているのか、何が変わるのか、確かめてみるのはおもしろいことだと思いますよ」

それだけ話すと作業台にもたれかかった。

「まあ、私がそんなことをいっても説得力の欠片もないわけですが」

そういって力なく笑った。

「だいじょうぶですか」

「ええ、少し疲れただけです」

先生のそばへ寄り、そっと腕を取って母屋のほうへ促す。よろけそうな先生についてゆっくりと歩き、三段だけの階段を一段ずつ時間をかけて上る。上がり框(かまち)のところで長い息をついて、先生はいった。

「佐古さん」

「はい」

ようやくソファにたどりつき、深く腰を下ろす。背もたれに身体を預けて、私を見た。

「ありがとう」

何もいえずに突っ立っていたら、まもなく先生の静かな寝息が聞こえてきた。

押し入れからブランケットを出して薄い身体に掛ける。すると、先生が大事に手に持っていた絵が足下に落ちた。拾ってソファに戻そうとして、息を呑んだ。

見えてしまった。絵だと思っていたそれは、写真だった。写真の中の先生は、ひとりで生真面目な顔をしてこちらを見つめていた。すぐにわかった。遺影のつもりなんだ。

先生は自分で自分の遺影を額装しようとしていた。

ただいま。団地のドアを開けながら、ふと、何か大事なことを思い出しそうになる。

何だっただろう。狭い玄関で靴を脱いで短い廊下へ上がったら、奥から父が顔を覗かせた。

「わっ、ただいま」

父がいることにまだ慣れない。いい加減、毎日驚くのはやめにしたいのだけど。

そう思ってから、気がついた。ただいま。ただいまって何だ。誰も待つ人のいない部屋に帰って、ただいま、とドアを開けるのは挨拶とは違う。じゃあ、どうして私は毎日ドアを開けるたびにただいまをいうんだろう。

「ただいま」

「おう」

機嫌のよさそうな父が菜箸を持った手を上げる。

そうか。ごめんと似ていないのに似ている。謝るということは、願うということだった。ただいまもそうだ。ただいま、と帰って、おかえり、と迎えられることなどなかったのに、それでも毎日おかえりと応えてくれる声を願っていたんじゃないか。

「ただいま」

「おう」

もう鍋のほうへ戻った父が、こちらを見ずに応える。

「ただいま」

「おう」

さすがに三回繰り返すと、父は怪訝そうに私を見た。

「お父さん、そういえば、窓の明かりを見て、家に帰ってきたっていってたね」

「ああ？　そうだっけ」

　とぼけているのか、ほんとうにもう忘れてしまったのか、読めない。でも、もしも父が覚えていなかったとしてもかまわない。私が覚えているから。

「で、何つくってるの」

「ラーメン。インスタントだけど、もやしたっぷり入れといたから、うまいぞ。ほら、どんぶり出せよ。あ、何やってんだよ、ふたつだよ、早く」

　食器棚から器をふたつ出してコンロの横の狭い調理台に並べる。

「すごいね、私の分まであるんだ。帰ってくる時間、わかったの？」

「まあな」

「うそでしょ、ほんとはすごくお腹空いてたからふたつ食べようと思ったんでしょ」

「いんや、ちゃんとおまえの分だったよ。帰りが遅くなっても、のびたらのびたでけっこううまいしな」

　父はふたつの器にざざっともやしラーメンを分け、

「ほら、熱いから気をつけろよ」

　どう見ても量の多いほうを自分で持ってテーブルへ運んだ。

　帰ってきてからも、出ていく前も、父が料理をしているのを見たことがなかった。たとえインスタントラーメンであろうと、父が食べ物を自分でつくって食べるなんて画期的なことだ。

「あ、そうだ、お前のCD借りたぞ」

「うん」

父は、いただきます、と手を合わせたのとほとんど同時に、壁際に置いてあったCDラジカセの再生ボタンを押した。

夏が来て、暮らしは楽
魚が跳ね、綿花は高く背を伸ばす
あんたのお父さんはお金持ち、お母さんは美人
だからさ、よしよし、泣くんじゃないよ

「おまえが、こんなのを持ってたとはなあ」

父は『エラ・イン・ベルリン』のジャケットを感慨深そうに見た。

「やっぱり親子だな。俺も若い頃はよく聴いたんだよ。そういうのって遺伝するのな」

遺伝じゃないよ、お父さんが聴かせてくれたんじゃない。——とはいえなかった。気づいてしまった。父は私が『エラ・イン・ベルリン』を持っていたことがうれしくて、それで気をよくして、夕食にもやしラーメンをつくってくれたのだ。遺伝にせよ、自分

が何度も聴かせていたせいにせよ、娘が自分の好きなＣＤを持っていることがうれしい。たぶん、父本人はどうして自分が機嫌がいいのかわかっていないだろうし、もしかすると機嫌がいいことさえ意識していないかもしれないけれど。

たとえば、シュレッダーにかけられた文書を復元することはできなくても、裂かれた膨大な紙屑（かみくず）の山の中の小さな一片に残された文字を見つけただけでわかってしまうことってある。そこに書かれていたもの、伝えたかったこと。

たくさんの言葉を聞き洩（も）らし、たくさんの合図を通り過ぎてきた。たったひとことから得られる情報など、取るに足らない量だろう。だから正確にいえば、わかった、という閃（ひらめ）きも錯覚なのかもしれない。それでも、私たちはそこで何かをつかむ。大切なことを知る。ほんとうは私たちが手にした以外の部分が重要だったのだとしても、どこに何が書かれていたとしても、いちばん知りたいことに私たちは出会うんだと思う。

ある朝、おまえは歌を口ずさみながら立ち上がるだろう
翼を広げ、空へ羽ばたくだろう
その朝が来るまで、何もお前を傷つけはしない
お父さんとお母さんがついているから

ばよかった。

誰も私を急がせないでいてくれた。未熟に生まれた赤ん坊なのに、急いで大きくなる必要がなかった。雨が降って、太陽が出て、風が吹いて、少しずつ少しずつ大きくなれ

「ありがとう」

初めていった。父にありがとう。父は私のラーメンの減り具合を確かめ、

「うまいだろ」

と得意気に笑った。

今しかない。今しかいえない。

「お父さん、おかえり」

まっすぐ父を見ていうと、父はほんの一瞬真顔になって、それからラーメンに視線を移し、おう、とだけ応えた。

好きだった古い歌は、ほんとうは悲しい歌だった。私の中に根付いて育っていたその歌の世界は、解説の言葉によって容赦のない釘を打ち込まれ、ひび割れてしまった。

でも、それで終わりじゃなかった。新たに知った歌の背景を手掛かりに、ふたたび歌を聴けば、今までとは違った世界が見えていた。何度も口ずさんだメロディーを土台に、骨組みが立ち上がる。まったく聞き取れなかった歌詞が断片的に意味を持ち、味のある肉となってくっついてくる。それはもちろん邪魔ではなく、骨組みを折るようなことで

もない。指でなぞることができるくらいはっきりとした輪郭に、奥行きも幅もある、豊かな歌の世界が広がってゆく。

絵や写真もきっと似ている。さらっと見ただけでは見えなかったもの、聞こえなかった声が、ひとつのヒントで姿を現す。その奥にある世界が垣間見える。まず、何も持たずに絵の中に入って、そこで耳を澄まそう。いくつも重なって響いてくる音の中からいちばん確かに聞こえる声を拾おう。その声が誰の声であったとしても、ひるまない。自分自身でささやいた声がこだまして返ってきているのだとしてもだ。そこで聞いたものを額装するのが、私の仕事だ。

ＣＤが終わり、父がテレビを観はじめたのをきっかけにテーブルを片づける。ラーメンの器と鍋を洗い、流しを磨き、レンジを拭く。それから自分の部屋に入って、畳に寝転がる。窓から空が見える。始まったばかりの夜の空だ。星が移り、月が昇り、太陽はまわる。終わったはずの音楽が、隣の部屋から襖越しに流れてくる。ふくよかな、やわらかい声。サマータイム。光みたいだな、と思う。花火みたいに打ち上げられて空でぱあんと輝くようなものではなく、ほうっとあたたかい窓の明かりみたいな——あ、と思った。窓の明かり。そうか。そうだ。先生がいて、あの人がいて、ときどき隼もいて。私たちのいる光景が、窓の向こうから見た明かりなんだ。一枚の絵で、写真で、物語で。きっと、どんなふうにでも広げることのできるひとつの世界だ。

しあわせな景色を切り取るのだとあの人はいった。窓の向こう、そこからこちら側を覗けば、私たちがいる。私たちのいるここが、窓の向こうになる。薄っぺらい箱みたいな団地の五階のしらじらした明かり。蛍光灯に照らされてラーメンを食べる父と娘。やがてそこに疲れた顔をした母が加わる。たしかに今ここにある情景。父はまたいなくなるかもしれない。いつかは私もこの絵を出ていくだろう。母が先だろうか。でも、今ここにある絵、それを切り取る額縁は私が見つけることができる。

薄明かりの中、窓の向こうにぼんやりと、やがてはっきりと見えてくる。絵に額縁をあてているあの人と、この頃は眠ってばかりいる先生、その隣でふらふらしている隼、そして私。夜になって少しひんやりした外も、もう冷え込むことはないだろう。自転車が走り、部活帰りの中学生たちが通る。その頭の上をひらひらと蝶が舞う。その上を鳥たちが羽ばたき、風が起きて雲が流れる。夜空の下で家々の明かりが灯り、窓の向こうに人影が映る。喧嘩をする声が響き、笑い声が聞こえ、どこかで赤ん坊の生まれる声がする。だからさ、よしよし、泣くんじゃないよ。エラ・フィッツジェラルドが歌っている。中学校から用水路をたどって、重なりあう屋根の下、一軒の家の光る窓の向こうに、私たちがいる。

解説

植田真

『窓の向こうのガーシュウィン』は「小説すばる」にて二〇一一年一月号から二〇一二年二月号にかけて連載された。僕は連載当時、扉絵と本文カットを担当させてもらった。さらに、単行本化の際、連載時の扉絵も一緒に収録してもらうことになり、表紙まわりを描き下ろした。

連載第一回目の原稿が届いたのは二〇一〇年の十一月だった。冬のはじめ。乾いた、だけどすこしだけ湿り気を帯びた空気を、僕は吸い込み、吐き出した。言葉を追っていくうちに、今、自分がいる場所と読んでいる物語の中の空気が溶け合って馴染んで、とても心地よい感覚だった。

字と字、言葉と言葉、それらが繋がって目の前に現れたのは、風景だった。

それは、風景画のような平面的なものではなく、奥行きのある風景そのものだった。そこには、肌寒さと温もり、暗闇と灯り、凪と嵐、といった対極にある者達が同居していた。太陽が姿を現し、大地に影ができるように分かちがたく。それが奥行きとなって目の前に現れ、やがて〝音〟が聴こえてきた。

生活の音。暮らしの音。自転車のチリンチリンというベルの音。お米を研ぐ音。ご飯が炊ける音。部屋でひとりたたずむ音。だれかがだれかを呼ぶ音。

主人公である佐古さんのまわりで営まれる生活の音。

一つ一つがとてもちいさく、葉をゆらすほどのささやかな音。でも、その音が掻き消されることなく、とてもはっきりと聴こえてくる。

未熟児で生まれ、自分にはいつも何かが足りないと感じている佐古さんを通して、見える世界。

その世界の見え方は、どこかとんちんかんで、なんだか可笑しくて、寂しくて少しズレている。でもそれが、佐古さんをとり巻く環境と歯車がかみ合うように進んでいく。だからだろうか、すごく生活感のある場面も、ファンタジーの世界を見ているような感覚になることがある。

そんなわけで、僕の想像力はちくちくと刺激されて、『窓の向こうのガーシュウィン』の世界を描くことが毎回すごく楽しかった。

吸引力の強いこの世界にぐいぐいと引き込まれて、空気感、もしくは物語に潜む気配のようなものを僕なりに感じ取って描いた。画材は、鉛筆を使った。鉛筆のざらりとした質感が、この世界の質感とうまく合うような気がしたからだ。ざらりとしたタッチに親しみやすい感覚を交ぜるようにして、窓の中に、窓の向こうに風景を描くことにした。
僭越ながら、今回このような解説を書く機会をいただいたので、扉絵を通して各回を振り返ってみたいと思う。自由にイメージしたいという方はどうか飛ばしてください。

第一話　窓

第一話のはじまりは、主人公の出生の場面。棒切れのような細い身体で〝お生まれになった〟未熟児の赤ん坊は、経済的にも知識的にも貧しかった為に保育器には入れられることはなかった。不思議と厳かな雰囲気が漂うこの赤ん坊が生まれた日は、きっと風が強く吹いていたんじゃないかなと僕は思った。強い風と流れていく雲の空を、窓の向こうに描いた。

第二話　額

ヘルパー先の額縁屋にて出会った一枚のレコード『エラ・イン・ベルリン』。〝夏が来て、暮らしは楽／魚が跳ね、綿花は高く背を伸ばす／あんたのお父さんはお金持ち、お母さんは美人／だからさ、よしよし、泣くんじゃないよ〟とエラ・フィッツジェラルドが歌う「サマータイム」。実はずっと昔から佐古さんの中に流れていたこの歌詞をモチーフに額の中に描いた第二話。また、先生と佐古さんの会話から生まれた〝おいしいお米を運ぶ小人〟もどうしても描きたかった。

第三話　湯気

〝犯人〟の額装と、先生への介護によって、佐古さんの中で明らかになにかがカチリと動きはじめた第三話。と同時に、蘇る幼少期の寂しい記憶や母への感情。ざわざわとした佐古さんの心にはやはり風が強めに吹いているような気がした。だが、風は心を騒ぎ立てるだけでなく、時に追い風となって佐古さんを運ぶ。そんな場面を、ティーバッグの紅茶から立ちのぼる湯気の中に描いた。

第四話　幕が開けた窓

保育器には入れられなかった佐古さんは、十九年間負い目とともに、密接に人と関わることをせず、もしくは関わるということがどういうことか分からず生きてきた。それはまるで、本物の保育器ではないけれど、自分でつくった架空の保育器の中に隠れるように過ごしてきた、そんな感覚ではなかっただろうか。額の中から笑いかけるエラ・フィッツジェラルド、先生との午後のお茶の時間、それらが鍵となって扉は開く。恐る恐る外へ踏みだしはじめた第四話。新たな幕が開けた窓に、愛車ロドリゲスと雲一つない空。そこに、〝ピンチ、ピンチ、チャンス〟とハイハットがリズムを刻む。

第五話　雨

これまで巡っていなかった血液が体内を循環しはじめたかのような、佐古さん。額装の仕事を手伝うようになり、その目に映る風景には奥行きが生まれ、手相までもがこれまでよりはっきりと刻まれている。なのに、冷たい雨ではじまる第五話。孫の隼の登場によって輪郭がはっきりとなった不安感を、しとしとと静かに降り注ぐ雨で描いた。ちくちくと蝕む無邪気な虫歯菌とともに。

第六話　額のマット

〝あの人〟と額装の仕事に打ち込む佐古さん。隼や先生との関わりも日々深くなっていき、まるで一つの家族のように映る。そんな風景を「夏はきぬ」という歌で切り取った第六話。また、この回は、額装に使われるマットが出てくる。マットによって切り取られた作品は、より焦点がはっきりすることがある。戸惑いながらも段々とこの世界に馴染みはじめている佐古さんの姿をマットの向こうに描くことが個人的に大きな意味を持つと感じた。添えたのは、みなで歌う「夏はきぬ」のホトトギスとウツギ。

第七話　窓の灯

一転して佐古さんの父からはじまる第七話。家々の窓に灯る明かりに吸い込まれるようにして帰ってきた父。団地に並ぶ窓を見つめ何を想(おも)っていたのだろうか。飄々(ひょうひょう)とした人物像と対照的に哀愁を帯びた情景を窓の明かりの中に描いた。額装の仕事を通じてますます世界と自分との距離感を縮める佐古さんが、これまで生きてきた十九年間の年月。団地外壁には十九号棟。

第八話　煙

隼の気持ち、佐古さんの気持ち、淡々と仕事をする〝あの人〟と相変わらずの先生。様々な感情や関係のバランスが少しずつ変わって来ている。そんな移行中の、不安定だけれど、でも、なんだかあたたかな第八話。小さな庭で、四人が和やかに囲む七輪の場面は、切り取りたくても切り取れない幸せの風景。儚(はかな)く消えてしまう煙の中に、晴れ渡った空と穏やかな庭を描いた。

第九話　夢

これまでの自分とは明らかに変わっていることに気付く佐古さん。その変化を象徴するような青い蝶(ちょう)の夢。美しい姿をした蝶は美しいものを求めて飛んでいく。きっと佐古さんの見た夢は穏やかな空だったんじゃないだろうか。

第一話で描いた窓の向こうの、さらに向こう。そこには、実は知らなかった美しい風景が広がっていたんじゃないかな、という想いを込めて描いた第九話。

第十話　ふたたび窓

灰色っぽい町にやわらかな陽射しが注ぎ、再び流れる「サマータイム」。まるで眠りから目を覚ましたように産声をあげた佐古さん。十九年間見てきた世界とは同じようでまるで違う風景は、人と人とが関わって生まれる音が聴こえる風景だった。最終話で描かれる窓の向こう。第一話で描いた窓を反転させ、その中に描いた。窓と窓が繋がるような想いで。

以上、窓、額、湯気、幕が開けた窓、雨、額のマット、窓の灯、煙、夢、ふたたび窓。物語に導かれるように描いていった風景は、最終的にジグソーパズルのピースのように一つ一つが結びついて、輪のようになった。

さらに文庫版カバーに、この物語の最後の場面、そのちょっと先の時間を想ってカラーで描き下ろした。

『窓の向こうのガーシュウィン』を閉じる時、深くてやわらかな寛大さにつつまれるような感覚になるのは、人が、誰もが、生きていく上で育(はぐく)んできた内にある風景と重なる部分があるからだと思う。そして、その寛大さは、ジョージ・ガーシュウィンの紡いだ旋律の中で、〝よしよし、泣くんじゃないよ〟と歌うエラ・フィッツジェラルドの歌声にも聴くことができる、そんな気がする。

（うえだ・まこと　画家）

初出誌　「小説すばる」二〇一一年一月号～二〇一二年二月号
本書は二〇一二年五月、集英社より刊行されました。
挿絵　植田真
取材協力　株式会社ジンプラ

作中での歌詞の引用にあたっては、全体の統一感を図るため、
表記について若干の修正を加えました。

宮下奈都の本

太陽のパスタ、豆のスープ

結婚式直前に婚約を解消された明日羽。傷心の彼女にロッカさんが提案したのは〝やりたいことリスト〟の作成だった。自分の気持ちに正直に生きたいと願う全ての女性に贈る物語。

集英社文庫

集英社文庫　目録（日本文学）

美奈川護　弾丸スタントヒーローズ
湊かなえ　白ゆき姫殺人事件
宮尾登美子　影絵
宮尾登美子　朱夏(上)(下)
宮尾登美子　天涯の花
宮尾登美子　岩伍覚え書
宮木あや子　雨の塔
宮木あや子　太陽の庭
宮城谷昌光　青雲はるかに(上)(下)
宮子あずさ　看護婦だからできること
宮子あずさ　看護婦だからできることII
宮子あずさ　老親の看かた、私の老い方
宮子あずさ　ナースな言葉　こっそり教える看護の極意
宮子あずさ　ナース主義！
宮子あずさ　卵の腕まくり　看護婦だからできることIII
宮沢賢治　銀河鉄道の旅
宮沢賢治　注文の多い料理店
宮下奈都　太陽のパスタ、豆のスープ
宮下奈都　窓の向こうのガーシュウィン
宮田珠己　ジェットコースターにもほどがある
宮田珠己　だいたい四国八十八ヶ所
宮部みゆき　地下街の雨
宮部みゆき　R.P.G.
宮部みゆき　ここはボツコニアン　1
宮部みゆき　ここはボツコニアン　2　魔王がいた街
宮部みゆき　ここはボツコニアン　3　二軍三国志
宮本輝　焚火の終わり(上)(下)
宮本輝　海岸列車(上)(下)
宮本輝　水のかたち(上)(下)
宮本昌孝　藩校早春賦
宮本昌孝　夏雲あがれ(上)(下)
宮本昌孝　みならい忍法帖　入門篇
宮本昌孝　みならい忍法帖　応用篇
三好徹　興亡三国志一〜五
武者小路実篤　友情・初恋
村上龍　テニスボーイの憂鬱(上)(下)
村上龍　ニューヨーク・シティ・マラソン
村上龍　ラッフルズホテル
村上龍　すべての男は消耗品である
村上龍　龍言飛語
村上龍　エクスタシー
村上龍　昭和歌謡大全集
村上龍　KYOKO
村上龍　はじめての夜　二度目の夜　最後の夜
村上龍　メランコリア
村上龍 中田英寿　文体とパスの精度
村上龍　タナトス
村上龍　2days 4girls

集英社文庫 目録（日本文学）

村上龍 69 sixty nine
村山由佳 天使の卵 エンジェルス・エッグ
村山由佳 BAD KIDS
村山由佳 もう一度デジャ・ヴ
村山由佳 野生の風
村山由佳 きみのためにできること
村山由佳 キスまでの距離 おいしいコーヒーのいれ方Ⅰ
村山由佳 青のフェルマータ
村山由佳 僕らの夏 おいしいコーヒーのいれ方Ⅱ
村山由佳 彼女の朝 おいしいコーヒーのいれ方Ⅲ
村山由佳 翼 cry for the moon
村山由佳 雪の降る音 おいしいコーヒーのいれ方Ⅳ
村山由佳 緑の午後 おいしいコーヒーのいれ方Ⅴ
村山由佳 海を抱く BAD KIDS
村山由佳 遠い背中 おいしいコーヒーのいれ方Ⅵ
村山由佳 夜明けまで1(ワン)マイル somebody loves you

村山由佳 坂の途中 おいしいコーヒーのいれ方Ⅶ
村山由佳 優しい秘密 おいしいコーヒーのいれ方Ⅷ
村山由佳 聞きたい言葉 おいしいコーヒーのいれ方Ⅸ
村山由佳 天使の梯子
村山由佳 夢のあとさき おいしいコーヒーのいれ方Ⅹ
村山由佳 ヘヴンリー・ブルー
村山由佳 蜂蜜色の瞳 おいしいコーヒーのいれ方 Second Season Ⅰ
村山由佳 明日の約束 おいしいコーヒーのいれ方 Second Season Ⅱ
村山由佳 約束 ―村山由佳の絵のない絵本―
村山由佳 消せない告白 おいしいコーヒーのいれ方 Second Season Ⅲ
村山由佳 凍える月 おいしいコーヒーのいれ方 Second Season Ⅳ
村山由佳 雲の果て おいしいコーヒーのいれ方 Second Season Ⅴ
村山由佳 彼方の声 おいしいコーヒーのいれ方 Second Season Ⅵ
村山由佳 遥かなる水の音
村山由佳 記憶の海 おいしいコーヒーのいれ方 Second Season Ⅶ
村山由佳 地図のない旅 おいしいコーヒーのいれ方 Second Season Ⅷ

村山由佳 放蕩記
村山由佳 天使の柩
群ようこ トラちゃん
群ようこ 姉の結婚
群ようこ でも女
群ようこ トラブルクッキング
群ようこ 働く女
群ようこ きもの365日
群ようこ 小美代姐(こみよねえ)さん花乱万丈(からんばんじょう)
群ようこ ひとりの女
群ようこ 小美代姐さん愛縁奇縁
群ようこ 小福歳時記
群ようこ 母のはなし
群ようこ 衣もろもろ
室井佑月 血(あか)い花(はな)
室井佑月 作家の花道

集英社文庫　目録（日本文学）

室井佑月　ああ～ん、あんあん
室井佑月　ドラゴンフライ
室井佑月　ラブ ゴーゴー
室井佑月　ラブ ファイアー
タカコ・半沢・メロジー　もっとトマトで美食同源！
毛利志生子　風の王国
茂木健一郎　ピンチに勝てる脳
望月諒子　神の手
望月諒子　腐葉土
望月諒子　田崎教授の死を巡る桜子准教授の考察
望月諒子　鱈目講師の恋と呪殺。桜子准教授の考察
森絵都　永遠の出口
森絵都　ショート・トリップ
森絵都　屋久島ジュウソウ
森鷗外　舞姫
森鷗外　高瀬舟

森達也　A3エースリー(上)(下)
森博嗣　墜ちていく僕たち
森博嗣　工作少年の日々
森博嗣　ゾラ・一撃・さようなら Zola with a Blow and Goodbye
森まゆみ　寺暮らし
森まゆみ　その日暮らし
森まゆみ　旅暮らし
森まゆみ　貧楽暮らし
森まゆみ　女三人のシベリア鉄道
森まゆみ　いで湯暮らし
森瑤子　情事
森瑤子　嫉妬
森見登美彦　宵山万華鏡
森村誠一　壁の目 新・文学賞殺人事件
森村誠一　終着駅
森村誠一　腐蝕花壇

森村誠一　山の屍
森村誠一　砂の碑銘
森村誠一　悪しき星座
森村誠一　黒い神座
森村誠一　ガラスの恋人
森村誠一　社奴
森村誠一　勇者の証明
森村誠一　復讐の花期 君に白い羽根を返せ
諸田玲子　月を吐く
諸田玲子　髭麻呂 王朝捕物控え
諸田玲子　恋縫
諸田玲子　おんな泉岳寺
諸田玲子　狸穴あいあい坂
諸田玲子　炎天の雪(上)(下)
諸田玲子　恋かたみ 狸穴あいあい坂
諸田玲子　四十八人目の忠臣

S 集英社文庫

窓(まど)の向(む)こうのガーシュウィン

2015年5月25日　第1刷　　定価はカバーに表示してあります。
2016年9月13日　第4刷

著　者　宮下奈都(みやしたなつ)

発行者　村田登志江

発行所　株式会社　集英社
東京都千代田区一ツ橋2-5-10　〒101-8050
電話　【編集部】03-3230-6095
【読者係】03-3230-6080
【販売部】03-3230-6393(書店専用)

印　刷　凸版印刷株式会社

製　本　加藤製本株式会社

フォーマットデザイン　アリヤマデザインストア　　マークデザイン　居山浩二

ISBN978-4-08-745316-4 C0193